KB154716

김동환의
다니엘 마음관리 365일
7·8·9월

고즈윈은 좋은책을 읽는 독자를 섬깁니다.
당신을 닮은 좋은책 — 고즈윈

김동환의 다니엘 마음관리 365일 `7·8·9월`

1판 1쇄 발행 | 2004. 11. 20.
2판 8쇄 발행 | 2013. 6. 25.

발행처 | 고즈윈
발행인 | 고세규
신고번호 | 제313-2004-00095호
신고일자 | 2004. 4. 21.
(121-896) 서울특별시 마포구 동교로13길 34(서교동 474-13)
전화 02)325-5676 팩시밀리 02)333-5980

값은 표지에 있습니다.
ISBN 978-89-91319-47-9
      978-89-91319-49-3 (전4권)

고즈윈은 항상 책을 읽는 독자의 기쁨을 생각합니다.
고즈윈은 좋은책이 독자에게 행복을 전한다고 믿습니다.

김동환의
다니엘 마음관리 365일
7·8·9월

김동환 지음

갓즈윈
God'sWin

불가능한 길은 없습니다.

아직 포기할 때도 아닙니다.

우리에게는 꿈이 있습니다.

여러 일들로 때로는 절망하기도 했지만

새롭게 뜻을 정하여 다시 시작하려는

모든 후배들과 그들을 사랑으로 뒷바라지하시는

세상 모든 부모님들께 이 책을 바칩니다.

차례

1부

7월의 이야기

7월 1일 인간다운 인간이 되기 위한 규칙 · 12 | 7월 2일 승리를 기억하고 기록하라 · 14 | 7월 3일 어떻게 말할 것인가 · 16 | 7월 4일 부부 사이 · 19 | 7월 5일 울타리를 넘어다보지 말라 · 21 | 7월 6일 친구 · 23 | 7월 7일 자네는 해고야! · 25 | 7월 8일 다 함께 차차차 · 30 | 7월 9일 무섭고 은밀한 대적 게으름을 이기자 · 32 | 7월 10일 용기 있는 여성 · 34 | 7월 11일 수면 · 38 | 7월 12일 공부를 하는 바른 자세 · 39 | 7월 13일 불요불굴 不撓不屈의 힘 · 41 | 7월 14일 완벽보다는 최선을 꿈꾸자 · 45 | 7월 15일 전략 · 46 | 7월 16일 그대 있음에 · 48 | 7월 17일 마음을 지키라 · 51 | 7월 18일 낯선 사람을 환대하라 · 52 | 7월 19일 진정한 프로 · 57 | 7월 20일 강한 것만 고집하지 말라 · 58 | 7월 21일 신념의 힘 · 62 | 7월 22일 꿀맛 같은 휴식 · 64 | 7월 23일 부지런함 · 65 | 7월 24일 여름방학 특별 숙제 · 67 | 7월 25일 나는 당신이 필요해 · 69 | 7월 26일 불평과 감사 · 74 | 7월 27일 오래 참음과 부드러운 혀 · 74 | 7월 28일 네 자신을 먼저 가르쳐라 · 75 | 7월 29일 공부의 시작은 무엇일까 · 77 | 7월 30일 선한 생각은 즉시 실천하라 · 79 | 7월 31일 보완의 시간 · 80

8월의 이야기

8월 1일 병균을 삼키다 · 84 | 8월 2일 백 번 보겠다는 마음으로 성실하게 노력하라 · 86 | 8월 3일 바로 내가 그 어리석은 청년이었습니다 · 88 | 8월 4일 당신만의 마이크 · 92 | 8월 5일 자신에게 가장 나쁜 것 · 95 | 8월 6일 마음 제어 · 98 | 8월 7일 오래된 습관을 깨뜨리는 습관 길들이기 · 99 | 8월 8일 술 · 101 | 8월 9일 미련한 자와 스스로 지혜롭게 여기는 자 · 102 | 8월 10일 진정한 스포츠인 · 106 | 8월11일 정말 문제가 되는 것은 · 109 | 8월 12일 따뜻한 마음과 탁월한 성격 · 110 | 8월 13일 내가 알았어야 했던 것들 · 111 | 8월 14일 유순한 사람의 힘 · 115 | 8월 15일 잊어버릴 일과 기억할 일 · 116 | 8월 16일 인생에서 가장 중

요한 것·117 | 8월 17일 유비무환有備無患·120 | 8월 18일 마음먹기 달렸다·123 | 8월 19일 핵심 장악 실패·127 | 8월 20일 친하다는 이유만으로·128 | 8월 21일 모든 일에는 때가 있다·132 | 8월 22일 마음 먹기·133 | 8월 23일 적당함의 미학·135 | 8월 24일 협력의 진가·137 | 8월 25일 하면 절대 후회하지 않을 일들·138 | 8월 26일 사려 깊은 교수님·140 | 8월 27일 부·142 | 8월 28일 이 아이 옆에 있으면 기분이 좋아요·146 | 8월 29일 게으름 4·147 | 8월 30일 실패를 두려워하지 마라·148 | 8월 31일 허기증·150

9월의 이야기

9월 1일 혹시 하나님 아니세요?·156 | 9월 2일 자기중심적인 사람·158 | 9월 3일 다른 쪽으로도 한번 생각해 봐라·161 | 9월 4일 목표를 향하여·163 | 9월 5일 인생의 목표·169 | 9월 6일 탐욕과 뇌물·172 | 9월 7일 인내심·173 | 9월 8일 입을 다스려라·176 | 9월 9일 포기하기에는 너무 이르다·177 | 9월 10일 학문의 성취·180 | 9월 11일 잠잠히 들어라·182 | 9월 12일 급하게 노를 말하지 말라·184 | 9월 13일 신중한 선택·185 | 9월 14일 미美 대학교수로 임용된 지방대 시간 강사·186 | 9월 15일 어머니의 참 가치·189 | 9월 16일 유혹을 피하라·194 | 9월 17일 열정만으로는 부족하다·195 | 9월 18일 타인의 말·199 | 9월 19일 참다운 인생 공부·200 | 9월 20일 어린이가 된다는 것은 참 힘든 일이에요·201 | 9월 21일 분주함과 부지런함·203 | 9월 22일 영원히 가질 수 있는 것·204 | 9월 23일 어떻게 공부할 것인가·205 | 9월 24일 양약고구良藥苦口·208 | 9월 25일 임기응변·211 | 9월 26일 모든 일이 술술 잘 풀릴 때·214 | 9월 27일 매사마골買死馬骨·215 | 9월 28일 성공한 사람들의 열일곱 가지 비결·217 | 9월 29일 좋은 친구의 기준 세 가지·219 | 9월 30일 내일 일을 자랑 말라·220

2부   33가지 상황별 마음관리법 (23-33)

23.지금 내가 하는 일이 무의미하다고 생각될 때·224 | 24.세상에서 가장 성공하는 법·226 | 25. 걱정이 찾아올 때·228 | 26.어제와 다른 오늘을 살기를 꿈꾸는 청소년들에게·230 | 27. 공부하다 혹은 인생을 살다가 모르는 문제를 만났을 때·232 | 28.지혜의 소중함에 대한 깨달음·234 | 29.주변의 판단으로 인해 낙심될 때·235 | 30.슬픔을 극복하고 싶을 때·237 | 31. 겸손·239 | 32.행복으로 이르는 지름길을 알고 싶을 때·240 | 33.좋은 친구가 되기 위한 일곱 가지 습관·243

무엇이 인생을 바꿀 수 있을까요? 무엇이 발전을 저해할 장애물인가요. 그 무엇도 여러분의
희망을 빼앗아 갈 수 없습니다. 어떤 유혹에도 희망을 뺏기지 않겠다고 결단을 내려야 합니다.

1부

7월의 이야기

8월의 이야기

9월의 이야기

결과에 집착하지 말고 현재의 위치에서 최선을 다하십시오

7 월의 이야기

한번 흘러간 시간은 다시 돌아오지 않습니다. 지나간 시간에 너무 후회하지 말고 내게 있는 오늘 하루에 전심 전력하십시오. 그것이 진정 지나간 시간을 다시 돌이킬 수 있는 현명한 방법입니다.

인간다운 인간이 되기 위한 규칙

- 당신의 몸을 있는 그대로 받아들이십시오.
  좋든 싫든 그 몸은 여러분의 것입니다.

- 교훈을 배우십시오.
  여러분은 인생이라는 학교에 등록되어 많은 것을 배우게
  됩니다. 여러분은 인생 수업을 좋아할 수도 있고, 무의미
  하고 재미없는 것으로 생각할 수도 있습니다.

- 인생에 실수란 없습니다. 다만 배움의 연장일 뿐입니다.
  성장은 시행착오의 과정입니다. 곧 실험인 거지요. 실패
  로 끝난 실험도 거쳐야 할 중요한 과정입니다.

- 인생 수업은 여러분이 깨달을 때까지 계속됩니다.
  하나의 교훈은 여러분이 그것을 완전히 익힐 때까지, 끊
  임없이 다양한 형태로 여러분 앞에 제시됩니다. 그런 다
  음 또 다른 교훈을 배우게 되지요.

- 배움의 길은 끝이 없습니다. 인생에서 배우지 않는 순간은 단 한순간도 없습니다. 여러분이 살아 있는 한, 배울 것은 항상 있습니다.

- 현재 있는 곳보다 더 좋은 곳은 없습니다. 더 좋아 보이는 곳에 가더라도, 그곳에서 보면 또 다른 곳이 더 좋아 보일 것입니다.

- 타인은 여러분의 거울입니다.
  타인에게 좋거나 싫은 점이 있다면, 그건 여러분 자신이 그러한 점을 갖고 있기 때문입니다.

기말고사는 한 학기를 마무리하는 중요한 시험입니다. 물론 힘든 시험이기도 하지요. 저도 가끔 시험 보기 전에 갑자기 시험이 연기되면 얼마나 좋을까 하는 상상을 종종 했답니다. 어차피 봐야 할 시험입니다. 남은 시간 할 수 있는 만큼 최선을 다해 준비해 보세요. 그동안 너무 준비가 소홀했다 하더라도 그것을 통해 배울 수 있습니다.

이제 7월입니다. 뜻을 정해 오늘부터 새롭게 시작하는 겁니다.

승리를 기억하고 기록하라

4월 1일부터 시작한 승리의 노트를 잘 활용하고 계신가요? 아직도 잘 하고 있지 않다구요? 그렇다면 아래의 이야기를 찬찬히 보면서 이제 승리의 노트를 만들어 보십시오. 작은 노트지만 여러분의 인생을 변화시킬 수 있는 노트랍니다.

샌디에이고의 유명한 라 욜라 플레이하우스La Jolla Playhouse 연극 극장의 텔레마케터인 수잔 해리스는 사람은 승리를 이렇게 기록했습니다.

"판매를 할 때마다 저는 카드에 천연색으로 하트를 그린 다음 날짜를 적고, 하트에 판매량을 적어 놓은 다음 벽에 붙여 놓습니다. 그리고 슬럼프에 빠졌거나 기력이 없다고 느낄 때마다 휴식을 취하면서 승리가 기록된 벽을 쳐다봅니다. 성공에만 마음을 집중하면 지금 하고 있는 것이 무엇인가를 알게 되고, 잘하고 있다는 생각이 들며, 그 결과가 대단할 것이라는 데에 생각이 미칩니다. 승리의 벽을 보고 있노라면 에너지가 넘치고 잘해 보겠다는 각오를 다지게 되고 자신감과 열의가 생깁니다. 벽에 있는 것들을 보면 슬럼프에서 쉽게 빠져나올 수 있습니다."

승리의 벽을 만든 다음 라 욜라 플레이하우스에서 최고의 판매원이 된 그녀는 "나의 현재 문제는 이제 더 이상 승리를 기록할 수 없을 정도로 벽이 하트로 가득 찼다는 것입니다. 커다란 사무실이 있었으면 좋겠습니다"라고 말했습니다.

이래도 승리의 노트를 만들지 않겠습니까? 저는 사랑하는 후배들이 패배의 기억에 빠져 귀한 시간들과 가능성을 망가뜨리지 않기 바랍니다. 승리의 노트를 적고 또 보면서 여러분은 새로운 가능성과 힘을 발견하게 될 것입니다. 아직 늦지 않았습니다.

올해도 반이 다 지나갑니다. 7월부터는 꼭 승리의 노트를 새롭게 시작하기를 바랍니다.

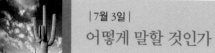

어떻게 말할 것인가

미련한 자는 교만한 말로 화를 불러일으키지만 지혜로운 자는 그 말로 자기를 보호한다.

「잠언」 14 : 3

청소년 시절에는 남보다 약간만 잘해도 금방 우쭐해지고 조금만 못해도 금세 의기소침해집니다. 나는 남들보다 잘생겼어. 나는 남들보다 공부를 잘해. 나는 싸움을 잘해. 나는 노래를 잘해. 나는 춤을 잘 춰. 나는 잘살아. 난 오락을 잘해. 난 체육을 잘해.

각자에게는 재능이 있습니다. 그래서 누구나 남보다 상대적으로 잘하는 것이 있습니다. 물론 못하는 것도 있습니다. 그런데 청소년 시절에는 이런 것에 매우 민감합니다. 어떤 여학생이 남들보다 좀 뚱뚱하다는 생각에 사로잡혀 지나치게 살을 빼다 죽은 경우도 있습니다. 실제로 그 여학생은 결코 비만이 아니었는데도 말입니다. 이처럼 청소년 시절은 마음이 불안정할 때가 많습니다. 말 한 마디로 표정이 금세 붉으락푸르락해지고 또 금방 밝아지기도 합니다.

여러분 가운데 누군가는 내가 남들보다 무언가 우월하다고 해서 나도 모르게 교만하고 있지는 않는지요? 그렇다면 교만은 망하는 길로 가는 최고의 고속도로라고 말씀드리고 싶습니다. 왜냐하면 교만한 사람은 더 이상 발전이 없고 자신이 최고라는 착각 속에서 살고 있기 때문입니다. 자존감과 교만함은 다릅니다. 진정한 실력은 교만함이 아닌 겸손함입니다. 겸손한 말 한 마디는 교만한 말 천 마디보다 강합니다.

저는 여러분이 진정으로 강한 리더가 되기를 바랍니다. 그러기 위해서는 교만을 하루속히 멀리해야 합니다.

새 학기가 시작한 지도 엊그제 같은데 벌써 기말고사 기간이 다가오네요. 오늘 하루 시간을 더욱 아껴 남은 기말고사 준비 기간, 더욱 알차게 보내길 바랍니다.

부부 사이

한 육군 장교에게 정신 질환을 앓는 아내가 있었습니다. 정신과 의사는 그녀가 한 정신 병원에 입원하도록 진단을 내렸지요. 그러자 그는 엄청난 충격을 받았고 그 사실을 받아들이기 어려웠지만 어떻게 그녀를 도와야 할지 몰랐습니다. 그는 군목을 찾아가 상담을 했습니다. 군목은 그에게 아내를 무릎 위에 앉히고 자신에 대한 아내의 솔직한 감정을 들어 주어야 한다고 했습니다.

그는 이 충고를 따르기로 했습니다. 그런데 아내와 얘기를 하는 도중 전화벨이 울렸습니다. 아내는 그가 돌아오지 않을 것 같아 화가 났지요. 그러나 아내는 그가 하는 말을 엿듣고 화를 내기는커녕, 그에게 잘 보이기 위해 재빨리 나이트가운으로 갈아입었습니다. 실로 몇 년만의 일이었지요. 아내는 조용히 그의 무릎에 안겼습니다.

그는 부대장에게 뭐라고 말했을까요? 그는 단지 이렇게 말했습니다.

"부대장님, 다른 사람이 저 대신 오늘 야간 근무를 맡으면 안 되겠습니까? 저는 지금 아내와 매우 중요한 시간을 보내고 있습니다. 심각한 일이라 지금 나갈 수가 없습니다."

그 장교는 아내가 자신에게 얼마나 소중한 존재인가를 증명하기 시작했습니다. 그 결과 아내의 정신은 안정을 되찾았고 다시는 병원에 갈 필요가 없게 되었지요.

친밀함과 배려, 이것은 부부 관계에서뿐만 아니라 모든 관계를 부드럽고 아름답게 만들어 줄 수 있습니다. 기말고사 준비로 인해 모두가 신경이 매우 날카로워진 때입니다. 꾸준히 마음을 관리해 온 여러분은 좀더 깊은 여유가 있으리라 생각합니다. 힘든 기간일수록 마음훈련의 진보는 더욱 빨라집니다. 오늘 하루 공부 때문에 힘들어하는 친구들에게 그들이 나에게 얼마나 중요한 존재인지에 대하여 말해 주세요. 그러면 공부로 찌든 친구의 얼굴이 환해질 것입니다.

기말고사보다 몇 십 배 중요한 일들이 인생에는 참 많습니다. 최선을 다해 실력을 기르되 무엇보다 마음의 힘을 기르기 바랍니다.

울타리를 넘겨다보지 말라

울타리가 있어 한 사람은 안에 있고 다른 사람들은 밖에 있게 됩니다.

가축은 울타리 너머를 쳐다보기 좋아합니다. 울타리 안보다 울타리 밖에 있는 것들이 더 맛있어 보이기 때문이죠.

소년들은 훔친 수박이 더 맛있다고 생각합니다.

이것은 어느 현자가 "훔친 물이 더 시원하고 훔친 빵을 몰래 먹는 것이 더 재미있다"고 말한 데서도 알 수 있습니다.

유혹이 죄로 변하는 것은 바로 이런 때입니다.

울타리 위를 슬쩍 넘겨다볼 때, 유혹의 첫 마디를 들을 때, 수많은 사람들이 바로 이 지점에서 패배하여 내리막길을 달리는 것입니다.

성경에 보면 요셉이라는 인물이 나옵니다.

요셉은 어느 날 주인 여자의 유혹을 받게 됩니다. 그러나 요셉은 유혹을 지혜롭게 이깁니다. 요셉이 승리한 비결은 "그가 도망쳤다!"는 사실에 있습니다. 많은 남자들이 유혹에 넘어가는 이유는 유혹의 순간에 5분 정도 더 머무르기 때문입니다.

한번 슬쩍 훔쳐본 것이 뭐 그리 나쁘단 말인가? 아, 얼마나 그럴 듯한 변명인가! 그러나 이렇게 한번 슬쩍 훔쳐본 것이 화근이 되어 정상적인 사람이 완전히 눈먼 장님이 되어 울타리를 부서뜨리는 성난 맹수가 될 수도 있습니다.

얼마 전 신문에서 한 중학생이 포르노 사이트를 자꾸 보다가 보는 것으로 만족하지 못해 엘리베이터에 함께 탄 초등학교 여학생을 성추행했다는 뉴스를 접했습니다.

단순히 호기심으로 본 포르노인데 나중에는 순간적으로 영화에서 본 대로 초등학교 여학생을 성추행했다는 것입니다.

인간은 참 연약한 존재입니다. 어느 누구도 '나는 그렇지 않을 거야'라고 자신 있게 말할 수 없습니다.

사랑하는 후배들! 그런 유혹이 찾아온다면 재빨리 그 길에서 도망가십시오. 그렇게 하는 것이 정말 용기 있고 멋진 사람이 할 수 있는 행동인 것입니다.

기말고사가 다가올수록 마음이 불안하고 초조할 것입니다. 실제로 그 긴장에서 벗어나고 싶어 많은 학생들이 인터넷에서 포르노를 보기도 합니다. 순간적인 긴장과 스트레스를 잊기 위해 포르노 영화를 보지만 영화가 끝난 다음에는 오히려 더 큰 긴장과 스트레스가 쌓이게 됩니다. 참지 못할 정도로 힘이 들면 잠시 음악을 들으며 한번 걸어 보세요. 10분, 20분 걷다보면 자신도 모르게 마음이 편안해질 것입니다.

조금만 더 참고 인내하며 올바른 마음으로 기말고사를 준비하시기 바랍니다.

| 7월 6일 |
친구

철이 철을 날카롭게 하는 것처럼 사람은 사람을 날카롭게 한다.

「잠언」 27 : 17

제가 무척 사랑하는 친구가 있습니다. 그리고 저는 이 친구를 볼 때마다 무척 놀라곤 합니다. 아직 젊은 나이인데 어찌 저리 균형 잡힌 인격과 실력을 겸비할 수 있을까? 그 친구와 비교하면 저는 꼬맹이 대학생과 같습니다. 친구는 해병대 장교 출신으로 몸이 아주 건강합니다. 물론 마음은 더 건강합니다. 매사에 생각하는 것과 말하는 것 그리고 행동하는 것이 참으로 어른스럽습니다. 그 친구와 함께 있으면 즐거운 한편 큰 격려도 받습니다. 나도 저런 사람이 되고 싶다는 강한 열망을 느낍니다. 그래서 저도 몸과 마음을 관리하려고 노력합니다.

저는 사람이 사람을 날카롭게 할 수 있다는 이 말을 진리로 여기고 있습니다. 반대로 사람이 사람을 무디게도 할 수 있다고 생각합니다. 청소년 시절, 좋은 친구를 사귀는 것은 그 어떤 것보다 소중합니다. 좋은 친구를 사귀면 몸과 마음이 성숙해집니다. 그리고 본인 역시 좋은 친구가 되고자 분발하게 됩니다.

저는 10년째 투병 생활을 하고 있습니다. 때로는 너무 지치고 힘들어서 삶을 포기하고픈 생각도 듭니다. '이제 그만 쉬었으면 좋겠다', '어서 빨리 하늘나라에 갔으면 좋겠다' 라는 생각이 들 때마다 좋은 친구들의 격려와 사랑 덕분에 병과의 싸움을 계속할 수 있습니다.

친구들은 부족한 저를 위해 늘 격려와 사랑이 담긴 기도를 해 줍니다. 그래서 저는 자부심이 있습니다.

'나에겐 소중한 친구들이 있다. 아무리 재활 치료가 힘들어도 더 열심히 치료해야지. 그리고 건강해져서 나도 친구들처럼 저렇게 멋진 친구가 되어야지.'

여러분은 친구를 격려하고 새 힘을 불어넣어 주는 친구입니까? 아니면 좌절과 낙망을 주는 친구입니까? 여러분이 먼저 좋은 친구가 되도록 힘쓰십시오. 그래서 힘들고 좌절한 친구들에게 좋은 친구가 되어 주십시오. 그래서 그들에게 인생을 다시 살 힘과 격려를 주십시오. 여러분은 사람을 살릴 수도 죽일 수도 있는 그런 존재라는 것을 늘 잊지 말기 바랍니다.

기나긴 장마철입니다. 특별히 건강관리 유의하세요. 그리고 기말고사 전에 감기는 정말 조심하셔야 합니다.

| 7월 7일 |
자네는 해고야!

졸업한 몇 주 후 어느 날 저녁, 한 청년의 아버지가 아들을 불러 놓고 말했습니다.

"대학에 대하여 이야기 좀 할까?"

"아버지, 제가 말씀드리지 않았나요? 저는 대학에 가지 않을 거예요."

"왜 대학에 가지 않겠다는 거냐?"

"저는 제가 할 일을 찾았기 때문에 대학에 갈 필요가 없다고 생각해요."

"네가 하고 싶은 일을 찾았다니, 난 무슨 이야긴지 통 모르겠구나."

"저는 트럭을 타고 물건을 배달하는 일이 좋아요. 사장님도 저를 좋아하시고 봉급도 올랐어요. 정말 멋진 직업이에요."

"그래도 얘야, 세상엔 배달하는 일보다 좀더 도전적인 일이 많단다."

"잠깐만요, 아버지, 인생은 행복하게 살면 된다고 하셨잖아요?"

"그랬지."

"그렇다면 저는 지금 무척 행복해요. 이 일이 제가 할 일이에요. 대학엔 가지 않을 거예요."

결국 청년의 아버지는 자신의 짧은 생각 때문에 곤란을 겪게 된 것입니다. 그래서 그는 다른 방법을 써야 함을 깨달았지요. 아버지는 아들이 일하는 가게에 찾아가 매니저를 직접 만났습니다.

"존, 당신이 내 아들을 해고시켜야겠습니다."

"뭐라고요, 해고를 시키라고요? 이렇게 일 잘하는 청년은 처음인데요. 얼마 전에 봉급도 올려 줬다구요. 걔는 트럭에 광을 내고, 게다가… 게다가 손님들한테는 얼마나 친절한 줄 아십니까?"

"글쎄, 내 아들이 대학에 안 가겠다는 겁니다. 당신이 해고시키지 않는다면 당신이 내 아들 인생을 망치는 겁니다."

가게 주인은 뭔가를 해야만 했지요. 그래서 고심 끝에 금요일에 봉급을 받으러 온 청년에게 이렇게 말했답니다.

"잠깐만, 자네는 해고라네."

"뭐라고 그러셨어요?"

"자네는 해고야!"

"무슨 말씀이세요? 제가 뭘 잘못했나요?"

"다른 말이 필요 있나? 자네는 해고야!"

해고라니! 젊은이는 낙심한 채로 집에 돌아왔습니다. 그는 아버지를 만나 이렇게 말했지요.

"좋아요. 아버지, 이번 가을 학기에 대학에 가겠어요."

그로부터 30년이 지난 뒤 명문 대학의 총장이 된 그 청년은 아버지에게 다음과 같이 말했습니다.

"아버지, 그때 아버지께서 저를 해고되게 해 주셔서 고맙습니다."

이 이야기는 고등학교를 졸업하고 슈퍼마켓에서 일하던 한 청년의 실화입니다. 아마도 청년은 맨 처음 해고를 당했을 때 무척 낙심했을 것입니다. 그렇지만 인생 전반을 보았을 때 그때의 해고는 꼭 필요한 과정이었던 것입니다.

1학기 기말고사도 그렇게 생각하세요. 힘들지만 꼭 필요한 과정이라고. 할 수 있다는 마음을 가지고 최선을 다하면 그것으로 족한 것입니다.

다 함께 차차차

어느 날 어떤 시계가 자신이 일 년 동안 몇 번을 똑딱거려야 하는지 계산해 보기로 했습니다.

1초에 2번, 1분에 120번, 1시간에 7,200번, 일주일에 1,209,600번, 1년이면 63,072,000번….

이 사실을 알게 된 시계는 과연 그 많은 횟수를 똑딱거릴 수 있을지 걱정하기 시작했습니다.

그리고는 결국 신경 쇠약에 걸리고 말았습니다.

이 시계 이야기를 단순히 어리석은 어떤 시계에 대한 우스갯소리로만 듣지 마십시오. 이 시계 이야기는 바로 여러분의 이야기일 수도 있습니다. 여러분이 염려하고 있는 문제의 정체를 주도면밀周到綿密하게 살펴보시기 바랍니다.

정말 그렇게 문제의 원인들을 살펴보면 여러분이 얼마나 쓸데없는 걱정과 근심 보따리들을 잔뜩 지고 사는지를 알게 될 것입니다.

최선을 다했다면 계속 긴장할 필요가 없습니다. 결과는 하나님께 맡기고 편안한 마음으로 잠자리에 들기를 바랍니다.

만약 최선을 다 못했다면 그것을 인정하고 반성하십시오. 그리고 지금부터 주어진 시간만큼은 내가 할 수 있는 최선으로 채워 나가기를 부탁드립니다. 그러면 됩니다. 그것으로 족합니다.

사랑하는 귀한 후배들. 더 이상 하지 않아도 될 고민과 걱정, 근심은 이제 잊으십시오.

고민해 봤자 문제 해결도 안 되고 실제로 문제도 일어나지 않는 것이 거의 대부분입니다. 오늘부터는 새롭게 뜻을 정해 모든 근심을 털어 내고 다 함께 차차차입니다.

무섭고 은밀한 대적 게으름을 이기자

게으른 자여, 개미에게 가서 그 하는 일을 보고 지혜를 얻어라. 개
미는 두목이나 지도자나 감독관이 없어도 여름 동안에 부지런히
일하여 추수 때에 겨울철에 먹을 양식을 모은다. 게으른 자여, 네
가 언제까지 누워 있을 작정이냐? 언제나 네가 깨어서 일어나겠
느냐? "좀더 자자, 좀더 졸자, 손을 모으고 좀더 쉬자" 하면 네가
자는 동안에 가난이 강도같이 너에게 찾아들 것이다.

「잠언」6 : 6~11

오늘 이 순간은 두 번 다시 올 수 없습니다. 두 번 다시….

우리에게 남겨진 시간을 계산할 수 있는 지혜가 모두에게
필요합니다. 시간은 다시 돌릴 수 없기에 세상에서 그 어떤 것
보다 소중합니다.

청소년 시절의 하루는 대략 어느 정도의 가치가 있을까요?

일당으로 계산하면 한 30만 원 정도 할까요? 아니면 50만
원 정도 할까요? 어떻게 생각하나요? 저는 적어도 1억원은
된다고 생각합니다. 왜냐하면 꿈과 희망을 준비하는 귀중한
시간들이기 때문입니다.

여러분이 가지고 있는 가능성의 가치는 무궁무진합니다. 그

가능성을 현실로 만들어 가는 시간은 너무나 귀합니다. 게으르게 시간을 그냥 흘려보내지 마십시오. 도망가는 시간을 꼭 붙잡으십시오. 필요하다면 입으로도 꼭 무세요. 시간은 정말 소중합니다. 내게 남겨진 1분 1초를 정말 아껴서 사용하십시오.

1학기 기말고사 기간입니다. 시험을 보는 내내 아마 생각했을 것입니다. 내가 미리 조금만 시간을 내어 이 부분을 공부했다면 분명 맞았을 텐데…. 10분만 이 부분을 공부했다면…. 그런 문제들이 참 많을 것입니다. 시간의 소중함을 시험 기간을 통해 더욱 뼈저리게 느끼고 그것을 잊지 마십시오. 시험이 끝나자마자 잊어버리는 어리석음을 다시 반복하지 않기를 부탁드립니다. 남은 기말고사 기간 정직함으로 최선을 다해 마무리 하세요. 모두들 힘내세요.

용기 있는 여성

1921년 루이스 로즈라는 사람은 싱싱교도소의 소장이 되었습니다. 그 당시 싱싱교도소는 다른 어떤 교도소들에 비할 수 없을 만큼 무법 천지였지요. 그러나 교도 소장 라웨스 로즈가 20년 후 은퇴할 무렵에는, 가장 인간적인 교도소로 변해 있었답니다. 이 교도소의 체계를 연구한 학자들은 이 모든 변화가 라웨스 로즈 덕분이라고 합니다. 그러나 라웨스 로즈는 이렇게 말했지요.

"모두가 죽은 제 아내 캐서린 덕분입니다. 그녀는 지금 교도소 담장 밖에 묻혀 있습니다."

캐서린 라웨스 로즈는 루이스가 교도 소장이 되었을 때, 아이 셋을 둔 젊은 엄마였습니다. 사람들이 처음에는 캐서린에게 교도소 안에 한 발짝도 들여놓지 말라고 경고했지요. 그러나 그러한 경고를 캐서린은 듣지 않았습니다. 교도소에서 첫 번째 농구 시합이 열리던 날, 캐서린은 교도소로 가서 수감자들과 함께 관중석에 앉아 구경을 했습니다.

그녀는 이렇게 생각했습니다. '나와 남편이 이 사람들을 돌보아 주면 그들이 우리를 보살펴 줄거야. 걱정할 필요 없어.'

캐서린은 그들과 친해지고 그들의 전과에도 신경 쓰지 않으려고 노력했습니다. 캐서린은 한 살인범이 장님이라는 사실을 알고 그를 찾아갔지요. 그 눈먼 죄수의 손을 잡고 "점자를 읽을 줄 아세요?" 하고 물었습니다. "점자가 뭔데요?"라고 장님은 물었지요. 캐서린은 그 죄수에게 점자 읽는 법을 가르쳐 주었고, 드디어 몇 년 후 그 죄수는 캐서린의 헌신적인 사랑에 눈물을 흘리게 되었습니다. 나중에 캐서린은 교도소에 벙어리가 있다는 걸 알고는, 수화를 배우러 학교에 다녔습니다. 많은 사람들이 캐서린은 1921년부터 1937년까지 싱싱교도소로 살아 돌아온 예수님이라고 했지요.

결국 캐서린은 교통사고로 죽었습니다. 캐서린이 죽은 다음 날, 루이스 라웨스 로즈는 교도소에 나가지 않았습니다. 그래서 부소장이 루이스를 대신했지요. 그러자 수감자들은 곧바로 뭔가 좋지 않은 일이 있음을 깨달았습니다. 다음 날, 캐서린은 교도소에서 0.75마일 떨어진 그녀의 집에 안치한 관 속에 잠들어 있었습니다. 부소장이 교도소를 돌아볼 때, 그는 험상궂고 고집 세게 생긴 죄수들이 떼를 지어 정문에 모여 있는 것을 보고 놀랐지요. 가까이 가서 보니 죄수들은 슬픔에 잠겨 눈물을 흘리고 있었습니다. 그는 죄수들이 얼마나 캐서린을 사랑하는지 느낄 수 있었습니다. 그는 돌아서서 죄수들을 향해 다음과 같이 말했지요.

"좋아요. 여러분, 나가도 좋아요. 단 오늘 밤까진 돌아와야 합니다!" 그러고 나서 문이 열렸고, 감시하는 교도관들도 없이 캐서린 라웨스 로즈에게 경의를 표하기 위한 죄수들의 행렬이 교도소에서 캐서린의 집까지 이어졌습니다. 모든 죄수들은 그날 밤 다시 교도소로 돌아왔지요. 모든 죄수들이!

이 글을 볼 때마다 자꾸 눈물이 납니다. 이 세상을 진정 사람이 살 만한 곳으로 변화시키는 것은 자기만 아는 엘리트의 실력과 오만이 아닙니다. 돈과 권력으로는 변화시킬 수 없습니다. 진정한 사랑입니다. 이런 마음을 품고 사는 청소년이 되십시오. 그리고 청년이 돼도 이것을 잊지 마십시오. 할 수만 있다면 여러분의 마음판에 새기기를 바랍니다.

기말고사 시험이 한창이겠네요. 아직 시작하지 않은 학교도 있겠지만 대부분 지금 보겠네요. 힘드시죠? 힘들어도 이 글 보면 왠지 힘이 나지 않으세요? 기말고사 성적에 마음이 흔들리지 않기 바랍니다. 과정이 목적이 될 수는 없습니다. 힘내세요. 여러분에게는 그 무엇과도 바꿀 수 없는 소중한 것이 있답니다. 아시죠? 여러분의 꿈과 희망은 그 어떤 것도 빼앗을 수 없습니다. 빼앗아 가지 못하도록 하세요. 기말고사 다 볼 때까지 힘내세요.

오늘도 파이팅!

수면

잠자는 것을 지나치게 좋아하면 가난해진다. 눈을 뜨고 열심히 일하라. 그러면 먹을 것이 풍족할 것이다.

「잠언」 20 : 13

여러분은 평소에 몇 시간쯤 자나요? 대략 중학생은 6~7시간, 고등학생은 6시간 정도면 무난합니다. 잠이 너무 많아서 하루에 8시간은 자야 하는 분 있나요? 그런데 우리가 하루를 건강하게 보내는 데 필요한 수면 시간은 6시간 미만이라고 합니다. 우리는 습관적으로 잠을 많이 자야 피로가 풀리는 것으로 생각합니다. 잠은 자면 잘수록 느는 것입니다. 어떤 학생은 10시간을 자도 피곤하지만 어떤 학생은 6시간만 자도 거뜬합니다. 왜 그런 차이가 생기는 걸까요? 그건 잠에 대한 좋은 습관을 가졌느냐 못 가졌느냐의 차이입니다.

이제 곧 여름방학입니다. 여름방학을 알차게 보내려면 꼭 해야 할 것이 잠자는 시간과 일어나는 시간을 일정하게 정하는 것입니다. 오늘부터 좋은 습관을 들이도록 노력해 보세요. 미리미리 여름방학을 활용할 수 있는 준비를 해 두는 거지요.

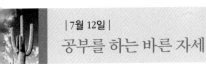

공부를 하는 바른 자세

글을 읽고 있는 중에는 긴한 말이 아니면 함부로 응대하지 말 것이며, 바쁜 일이 아니면 자리에서 일어나선 안 된다. 그러나 부모님이 부르면 책을 덮고 즉시 일어나야 한다. 그리고 손님이 오면 읽던 것을 중단하고 손님을 존중하는 뜻에서 책을 덮어야 한다. 또한 밥이 나오면 책을 덮어야 한다. 식사를 마치고 바로 일어나 산책하고, 시간이 많이 지나면 다시 글을 읽도록 한다.

박지원朴趾源

기말고사 시험 보느라 무척 힘드시죠?

'왜 이렇게 시험 과목이 많을까?', '공부는 왜 또 잘 안 되는 걸까?', '왜 이렇게 날씨는 더울까?', '이번 시험도 망치면 어떡하지?', '시험 공부 별로 한 것도 없는데 벌써 10시야, 어떡하지?', '머리가 무겁고 꽉 막힌 것 같다', '숨이 막힌다', '시험 보는 것 자체가 싫어진다', '학교 가기 싫다', '갑자기 테러라도 일어나서 내일 휴교령이 내렸으면 좋겠다', '시험이 내일인데….'

별별 생각들이 꼬리에 꼬리를 물고 이어집니다. 이런 생각들로 시험 기간에 공부가 더 잘 안 되는 것을 느낄 것입니다.

마음이 불안하고 초조하기에 원하는 만큼 공부가 될 수 없습니다. 꾸준히 마음훈련을 해 온 친구들이라면 힘들지만 나름대로 인내하며 시험을 담담히 보려 할 것입니다. 그러나 그렇지 못한 친구들에게 시험은 정말 피하고 싶은 것입니다.

이렇게 불안하고 초조할 때 부모님이 만약 심부름이라도 시킨다면 어떻게 하나, 쓸데없는 걱정을 하고 있지는 않았나요? 혹은 부모님에게 소리를 버럭 지르거나 '나 내일 시험인데 엄만 정신 있어, 없어? 어휴 저런 엄마 밑에서 내가 공부하니깐 공부가 잘될 수가 없지.', '내 친구 엄마 누구누구는 이렇게 잘해 주는데 엄만 나한테 해 주는 게 뭐가 있어?' 라고 하지는 않나요?

시험 공부하는데 학교에서 누가 질문이라도 할 것처럼 보이면 시간 없다고 냉정하게 잘라 말하지는 않나요? 또 시험 공부 때문에 끼니까지 거르고 있지는 않나요? 적당한 휴식과 산책도 그만두고 있지는 않은지요? 공부란 것이 무조건 해야지 해야지 해서 잘되면 얼마나 좋을까요? 그러나 이렇게 하면 의욕만 앞설 뿐 실제로는 공부가 잘되지 않습니다.

사랑하는 귀한 후배들. 내가 공부한 만큼 시험 성적을 받겠다는 정직함과 겸손함이 필요할 때입니다. 그래야 마음도 편한 것입니다. 그리고 바르게 공부하는 기본 자세를 익히십시오. 공부보다 인격이 우선입니다. 어떤 학자보다 치열하게 공부했던 박지원 선생님의 위와 같은 이야기가 참 마음에 와 닿습니다.

저도 가끔 공부할 때는 부모님께 소홀했던 때가 많았는데
절로 얼굴이 붉어지네요. 저도 오늘부터는 새롭게 뜻을 정해
아무리 공부가 중요해도 지킬 것은 지키도록 하겠습니다.

|7월 13일|
불요불굴 不撓不屈의 힘

글렌은 캔자스의 어느 농장에서 태어나 교실이 한 칸밖에
없는 학교에 다녔습니다. 글렌과 형제들이 다닌 이 시골 학교
는 배불뚝이 모양의 구식 난로를 땠는데 글렌과 그의 형이 난
로를 책임지고 관리했지요. 그래서 글렌과 형은 다른 학생들
과 선생님이 오기 전에 교실에 난로를 피워 놓아야 했습니다.
어느 날 아침 글렌과 형이 난로 안에 남아 있는 불붙은 석탄에
등유를 붓다가 그만 난로가 폭발하고 말았습니다. 다행히 글
렌은 빠져나올 수 있었지만 형은 폭발할 때 기절을 하고 말았
습니다. 형이 혼자 남겨진 걸 안 글렌은 빠져나가지 않고 형을
구하려 애쓰다 결국 둘 다 불 속에 갇혀 버리고 말았습니다.
결국 형은 죽고 글렌은 하반신에 심한 화상을 입고 가까운 병
원으로 옮겨졌습니다. 의사는 글렌의 어머니에게 글렌이 살기

힘들다고 말하며 오히려 죽는 게 덜 고통스러울 거라는 자신의 의견을 넌지시 건넸지요. 그리고 만일 글렌이 살아난다 해도 다시는 걷지 못하게 될 것이라고도 말했습니다.

그러나 이 용감한 소년은 놀랍게도 기적적으로 살아났습니다. 의사는 글렌의 상처가 심하기 때문에 일생을 병석에서 살아야 할 거라고 글렌의 어머니에게 알려 주었습니다. 소년은 한 번 더 굳은 결심을 하였습니다. 장애자로 살지는 않을 거라고, 누워서 일생을 보내지는 않겠다고, 걷고 또 뛰고야 말 거라고! 그러나 그러한 희망은 거의 불가능해 보였습니다. 다리는 허울좋게 매달려 있을 뿐이었습니다.

그 후 글렌은 퇴원해 집으로 돌아갔습니다. 어머니는 날마다 화상 치료가 끝난 글렌의 다리를 마사지해 주었지요. 글렌은 끝까지 포기하지 않았습니다. 어쩌다 휠체어를 타고 밖에 나올 때면 글렌은 휠체어로부터 잔디밭에 몸을 던졌습니다. 그런 다음 못쓰게 된 두 다리를 끌며 잔디밭으로 기를 쓰며 가로질러 나아갔습니다. 마침내 말뚝 박은 울타리에 다다르면 죽을 힘을 다해 일어섰습니다. 글렌은 말뚝을 따라 혼신의 힘을 다해 정원을 걸으려 했지요. 그러나 힘에 부친 나머지 금방 쓰러지는 것이었습니다.

그러던 어느 날 마침내 글렌은 강철 같은 의지와 인내심을 가지고 노력한 결과 혼자 일어서게 되었습니다. 물론 어머니가 날마다 해 주시는 마사지 덕분이기도 했지요. 처음에는 약간의 도움이 필요했지만 마침내 혼자서도 걸을 수 있게 된 것이었습니다. 걸을 수 있게 되자 뛰는 것은 시간 문제였습니다.

글렌은 1마일 달리기 경주에서 1등을 하겠다는 목표를 세웠습니다. 달리는 데서 오는 순수한 기쁨은 곧 글렌 인생의 전부가 되어 버렸지요. 그는 대학에 가서 육상부를 만들었고, 어느 날 매디슨스퀘어 가든에서 열린 1마일 달리기 대회에 참가해서 마침내 불굴의 힘으로 1등을 해냈습니다.

불 속에서 살아나 절대 포기하지 않았던 소년은 다름 아닌 당시 1마일 경주 최고 기록 보유자 글렌 커닝엄Glenn Cunningham 박사입니다. 글렌 박사의 예에서도 알 수 있듯 참고 견딘 사람에게는 반드시 복이 찾아오는 것입니다.

이제 기말고사도 거의 끝나가고 있습니다. 끝까지 포기하지 말고 최선을 다하세요. 망친 과목에 너무 연연하다 보면 현재 내가 집중해야 할 과목을 소홀히 하게 되어 더 큰 낙심을 할 수 있습니다. 오늘 시험 볼 과목에 집중하여 최선을 다하시기 바랍니다.

완벽보다는 최선을 꿈꾸자

완벽을 추구하다 결국엔 자신을 해치는 경우가 많습니다. 인간에게 완벽은 있을 수 없는 일입니다. 그럼에도 인간은 끊임없이 완벽을 추구합니다. 완벽을 추구하다가 자기 자신과 주변 사람들이 힘들어질 수 있습니다. 주어진 상황 속에서 할 수 있는 최선, 그것으로 족한 것입니다. 결과에 집착하지 말고 현재 나의 위치 속에서 할 수 있는 최선을 다하기를 부탁드립니다.

완벽에 대한 유혹을 버리세요. 유혹에 빠지면 결과에 집착하게 됩니다. 결과에 집착하기 시작하면 결과를 위해 비열한 수단과 방법을 동원하기도 합니다. 그리고 그렇게 되면 인격이 망가지게 됩니다. 그동안 마음관리로 착실히 쌓아 온 귀한 인격이 망가집니다. 겸손하게 오늘 이 순간 내가 할 수 있는 최선을 다하십시오. 오로지 거기에만 집중하십시오. 결과에 신경 쓸 시간조차도 지금 이 순간 할 수 있는 최선에 힘을 쏟으십시오. 그것이 인간이 할 수 있는 최선입니다.

사랑하는 귀한 후배들. 힘든 시험 기간 완벽주의의 유혹을 이겨 내십시오.

결과 지상주의의 유혹을 이겨 내십시오. 여러분이 하는 최선의 몸부림 그것이 정말 아름다운 것입니다. 사람마다 최선의 몸부림의 양은 다를 수 있지만 그래도 좋습니다. 그 마음의 중심이 중요한 것입니다.

|7월 15일|
전략

전쟁하기에 앞서 전략을 잘 세워라. 승리는 전술적인 조언을 많이 받는 데 있다.

「잠언」 24 : 6

공부와의 한판 승부를 내기 위해서는 무조건 열심히 하면 되겠지, 죽도록 공부하면 되겠지, 그런 마음으로 임하면 힘은 힘대로 들고 중도에 포기하기 쉽습니다. 공부는 마라톤과 같습니다. 죽도록 공부하지 않아도 공부를 잘할 수 있는 방법은 있습니다.

공부와의 한판 전쟁을 위해 첫 번째, 중요한 것은 자신의 현재 상황을 잘 판단하는 것입니다.

두 번째, 못하는 부분은 겸손히 인정하고 잘하는 것이 무엇인지 체크합니다.

세 번째, 잘하는 과목과 못하는 과목에 적절한 시간 분배를 합니다.

네 번째, 계획을 실천하는 데는 주저함이 없어야 합니다. 시행착오를 최대한 줄이되 실패 자체를 두려워해서는 안 됩니다. 그런 과정을 통해 자신에게 제일 잘 맞는 시간 계획과 공부 계획이 만들어지기 때문입니다.

모두들 힘내세요. 공부가 만만한 일은 아니지만 이런 과정을 부지런히 하다 보면 공부가 어느새 자신의 든든한 친구가 되어 있음을 발견하고 그 기쁨을 맛보게 될 것입니다.

그대 있음에

당신이 있음으로 해서 오늘 더 행복해진 사람이 있나요?

당신이 오늘 말을 걸어 주었다는 사실을 기억하는 사람이 있나요?

오늘이 거의 다 지나가는데, 수고의 시간이 거의 다 끝나 가고 있는데, 당신에 대해 칭찬하는 사람이 있나요?

길에서 만난 친구에게 친절히 인사는 했나요? 아니면 "어, 잘 지냈어"라는 무뚝뚝한 말 한마디 던지고는 급히 사람들 속으로 사라져 버렸나요?

당신 일만 하느라 정신 없었던 이기적인 하루는 아니었나요? 아니면 누군가가 당신의 도움 때문에 굉장히 고마워한 하루였나요?

오늘 밤 그처럼 빨리 지나간 하루를 생각하면서 당신은 당신 곁을 스쳐 간 그 많은 사람 중 단 한 사람이라도 도와주었다고 말할 수 있나요?

당신의 말이나 행동 때문에 기뻐한 사람이 있었나요?

희망을 잃었다가 이제 용기를 가지고 앞을 내다보게 된 사람이 있었나요?

당신은 오늘 하루를 허비하거나 잃어버렸나요? 아니면 알찬 하루였나요? 친절의 흔적을 남긴 날인가요? 아니면 불평의 흔적만 남긴 날인가요?

가만히 누워 눈을 감으면 하나님께서 이렇게 말씀하시리라 생각되나요?

"너는 오늘 너의 행실로 네 주변에 있는 사람들을 복되게 하였노라."

기말고사 보느라 무척 힘드시죠?

시험 기간 마음을 다스리는 것이 그리 쉬운 일은 아닙니다. 그러나 그럴수록 더욱 지켜야 하는 것이 바로 마음입니다. 따뜻하게 건네는 말 한마디가 사람을 살릴 수 있다고 생각합니다.

오늘 하루 최선을 다해 공부하시고 시험을 치르시되 시험으로 지치고 마음의 병이 깊어진 친구들에게 따뜻한 말 한마디 건네는 것 잊지 마세요.

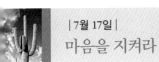

마음을 지켜라

사람이 병들면 정신력으로 지탱할 수 있으나 그 정신력마저 잃으면 아무 희망이 없어진다.

「잠언」 18 : 14

기말고사 보느라 수고 많았습니다. 어떤 분들은 시험 끝나고 나서 많이 상심한 분들도 계실 것입니다. 나름대로 열심히 준비했는데 시험 결과가 기대보다 훨씬 못 미칠 때만큼 속상할 때도 드뭅니다. 그럴 때는 정말 다 그만두고 싶습니다.

'어차피 해도 안 되는 거 더 상처받기 싫다. 그냥 그만두자. 내가 언제 공부했다고. 될 대로 되라지. 이번 여름방학 그냥 진탕 한번 놀아나 봐야지. 내가 이제 두 번 다시 공부하나 봐.'

이런 생각을 하고 있는지요? 저 역시 이런 경험을 많이 했습니다. 이럴 때는 아주 신속하게 해결책을 강구해야 합니다. 공부를 아예 포기할 생각이 아니라면 이런 상태를 오래 두면 마음에 심각한 병이 들게 됩니다.

저는 이럴 때 좋아하는 만화책을 10권 정도 빌립니다. 그리고 좋아하는 과자와 음료수도 준비하고 좋아하는 음악을 들으면서 다 볼 때까지는 아무것도 하지 않습니다. 만화에 집중하다 보면 저는 어느새 메이저리그 최고 강속구 투수도 되고, 고대 유물 탐험가였다가, 멋진 로맨스의 잘생긴 주인공도 되어 있습니다. 김동환이 아닌 다른 사람으로 깊이 빠져 들어갑니다. 만화책을 다 보고 나면 기말고사에서 원하던 만큼 성적이 따라와 주지 못한 사실은 훌훌 털어 버리게 됩니다. 그 대신에 다음에는 더 보완하고 준비해서 꼭 더 좋은 결과를 거두겠다고 제 자신을 다독입니다. 여러분도 저처럼 이런 방법으로 마음을 다잡아 보십시오.

| 7월 18일 |

낯선 사람을 환대하라

진과 주디 부부에게는 5세부터 15세 사이의 아이가 8명이나 있습니다. 그들은 교회를 다니며 가족을 사랑했지요. 몇 년간 일했던 제재소가 문을 닫자, 먹고 살기 위해 이리저리 잡일을 다니던 어느 날이었습니다. 그날 진은 시내에서 자동차를 수리하는 일을 하고 있었습니다. 한편 그날 주디는 빨래를 하고 있었는데 같은 교회에 다니는 아줌마들이 놀러 왔습니다. 아줌마들과 이야기를 하고 있던 중 큰아들이 집으로 들어오며 말했지요.

"엄마, 뒷문에 한 흑인 아저씨가 와 있는데 엄마한테 할 말이 있대요."

교회 아줌마들은 곧바로 주의를 주는 것이었습니다.

"조심해요. 구걸하러 온 거라면 그냥 내쫓아 버려요. 알겠죠?"

뒷문에는 백발에 부드럽고 따뜻한 눈을 가진 흑인 노인이 서 있었습니다.

"부인, 실례합니다. 트럭이 고장나서 마을까지 걸어가야 하는데 물과 남는 음식이 있다면 조금만 주시겠습니까?"

그 말을 듣고 주디는 멍하니 서 있었습니다. 그녀는 옳은 일을 하기를 망설였던 것이지요. 주디는 아줌마들의 눈치를 보며 물과 음식을 가지러 가지 못하고 가만히 서 있었습니다. 남의 눈치만 보는 주디의 눈이 그 남자의 눈과 마주쳤습니다. 남자는 잠시 기다리다 조용히 돌아가 버렸습니다.

테이블로 돌아왔을 때 주디는 부끄러움을 느꼈습니다. 게다가 큰아들이 나무라는 눈으로 쳐다보자 더욱 부끄러운 감정에 사로잡혔지요. 주디는 아차 싶어 재빨리 레모네이드 주전자와 과자를 들고 그 남자를 찾으러 밖으로 달려 나가 보았습니다. 남자는 무릎을 꿇고 주위에 모여든 아이들에게 성경 이야기를 들려주고 있었습니다.

주디는 과자와 레모네이드를 그 남자에게 주고 도시락을 만

들어 올 동안 잠시만 기다려 달라고 얘기했지요. 그리고 주디
는 사과했습니다.

"아깐 죄송했어요."

그 남자는 밝게 웃으며 말했습니다.

"괜찮아요. 많은 사람들이 다른 사람들 눈치만 보죠. 그러나
다른 사람들과 다르게 당신은 그것을 극복했어요. 이것이 그
증거인 셈이죠."

한편 그날 밤 진은 좋은 소식을 갖고 집으로 돌아왔습니다.
그가 수리한 차 주인의 형이 카센터를 하는데 정비공이 필요
했고, 진을 보자마자 고용했던 것이지요. 잠시 후 주디는 진에
게 오후에 있었던 일을 얘기했습니다. 그러자 진이 물었지요.

"그 사람 혹시 흑인 노인 아니었어? 친절한 눈에 백발을 가
진?"

진은 침대에서 벌떡 일어나 주머니를 뒤져 꼬깃꼬깃 접어
둔 종이 한 장을 꺼내 주디에게 주었습니다.

"나도 그 남자를 만났어. 내가 집으로 오고 있을 때 그는 아
래로 걸어가고 있었거든. 근데 그가 나에게 오라는 손짓을 하
고 이걸 주었어. 그래서 이 쪽지를 다 읽고 나서 고개를 들었
는데 그는 벌써 사라지고 없더군."

쪽지를 다 읽은 주디는 이윽고 눈물을 흘렸습니다.

나그네 대접하기를 게을리 하지 마십시오.

어떤 이들은 나그네를 대접하다가,

자기도 모르는 사이에 천사들을 대접하였습니다.

「히브리서」 13 : 2

이제 기나긴 기말고사도 끝났습니다. 기말고사 보느라 수고 많았습니다. 앞으로 3일 정도는 푹 쉬세요. 쉬면서 여름방학 계획을 세워 보세요. 여름방학 계획은 『다니엘 3년 150주 주단위 내신관리 학습법』을 참고하여 계획하되 무리한 계획은 금물입니다. 계획 없이 무조건 열심히만 하면 된다고 생각하지 마세요. 계획을 세우지 않으면 오히려 낭비하는 시간이 많습니다. 저는 여러분이 뱀처럼 지혜롭게 여름방학이라는 귀한 시간을 잘 사용하길 바랍니다.

기말고사 보느라 수고 많았습니다. 여러분이 정말 자랑스럽습니다.

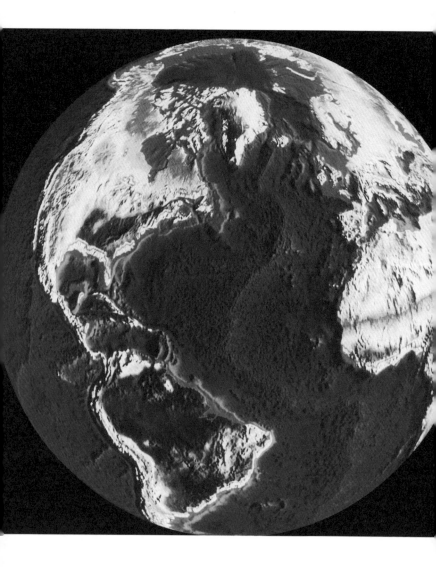

진정한 프로

어느 유명한 바이올린 연주자가 연주를 시작하기 전에 이 세상에서 가장 값비싼 바이올린으로 연주를 하겠노라고 청중들에게 공표를 한 뒤 멋진 곡을 연주하기 시작했습니다. 연주가 끝나자 청중들은 장내가 떠나갈 듯 환호를 지르며 박수갈채를 보냈습니다. 바로 그때 갑자기 연주자가 들고 있던 바이올린을 바닥에 힘껏 내리쳐 박살을 냈습니다. 그 광경을 본 청중들은 놀라지 않을 수가 없었습니다. 잠시 뒤 연주자는, "이 바이올린은 이 세상에서 가장 값싼 바이올린이었습니다. 이제 정말로 이 세상에서 가장 값비싼 바이올린으로 연주를 하겠습니다"라고 말했습니다. 값비싼 악기의 연주가 끝이 났습니다. 그러나 악기의 품질만 달라졌을 뿐 음악은 똑같이 아름다웠습니다.

겉모습이 마치 전부인 것처럼 생각하는 세태가 만연합니다. 외모 만능주의라는 말이 나올 정도입니다. 그러나 진정한 실력은 마음에서 나옵니다. 잊지 마십시오. 진정한 실력은 마음에서 나온다는 것을.

오늘 하루도 날씨는 무덥지만 힘 많이 내세요. 그리고 덥다고 마음훈련 게을리 하면 안 됩니다. 아시죠?

| 7월 20일 |

강한 것만 고집하지 말라

브룩클린 다저스의 위대한 투수 샌디 쿠팩스Sandy Koufax는 명예의 전당으로 가는 길을 어렵게 시작했습니다. 6년 동안 메이저리그 선수로 뛰면서 36승 40패라는 초라한 성적을 거두었을 뿐입니다. 뛰어난 강속구를 가졌음에도 항상 컨트롤이 문제가 되었습니다. 그런데 그의 야구 인생을 송두리째 바꿔버리는 일이 일어났습니다.

시즌에 앞서 벌어지는 시범 경기에서 그는 5회 정도만 던지기로 되어 있었는데, 그만 뒤에 나올 투수가 구장으로 오는 비행기를 놓치고 만 것입니다. 이렇게 되자 쿠팩스는 그 경기만큼은 자신이 책임지겠다고 자처했습니다. 투수 코치인 노만 셰리Norman Sherry는 쿠팩스로 경기를 마쳐야 한다는 생각에 그에게, '힘을 빼고 강속구를 던지라'고 주문했습니다. 9회까지 던져야 했기에 쿠팩스는 평소보다 힘을 빼고 던지기 시작했습니다.

　그런데 쿠팩스는 실로 놀라운 경험을 하게 됩니다. 힘을 약간만 줄여도 강속구는 보다 좋아지고, 생명력이 있으며 컨트롤이 잘된다는 사실을 깨달았습니다. 그전까지만 해도 그는 있는 힘을 다해 무조건 힘껏 던져야만 최고의 강속구가 나오는 줄로만 알았습니다. 이 일이 있은 후 그는 그의 야구 인생의 역사를 다시 쓰게 되었습니다. 그는 노히트 노런 경기를 한 뒤에, "시작은 미약했으나 끝은 창대하게 되었다"라고 말했습니다.

　요즘 그는 젊은 투수들을 가르치면서 자신이 깨닫기까지 6년이 걸렸고, 결국 자신의 야구 인생을 송두리째 바꿔 놓았던 교훈, "강한 것만 고집하지 말라"는 말을 자나 깨나 그들에게 강조하고 있습니다.

　쿠팩스의 지혜는 공을 던지는 것뿐만 아니라 공부를 하는 것에 이르기까지 어디에서나 적용할 수 있습니다. 고집을 약간만 누그러뜨리면 보다 긴장을 풀 수 있게 되어 선명한 생각을 할 수 있고 어떤 일을 하든지 최고의 성과를 올릴 수 있습니다.

　공부가 가장 잘되었던 때를 생각해 보십시오. 긴장을 풀고 평안한 마음에서 자연스럽게 집중할 때가 아니었나요? 무조건 '잘해야 돼, 잘해야 돼' 이런 강박관념만으로는 최고의 집중을 발휘할 수 없습니다. 오히려 마음의 여유를 가지고 공부할 때 더 짧은 시간에 자신이 원하는 만큼의 공부를 할 수 있습니다. 10%는 마음의 여유를 가지는 데 사용하고 나머지 90%의 힘만을 기울여 현재 하는 공부에 집중해 보십시오. 오히려 100%로 공부할 때보다 훨씬 능률도 오르고 마음도 더욱 평안해질 것입니다.

이제 여름방학의 시작입니다. 너무 의욕만 앞세우지 말고 10%의 마음의 여유를 가지세요. 그것을 위해 아무리 귀찮더라도 마음관리 시간을 먼저 꼭 가지기를 간곡히 부탁드립니다.

"당신은 왜 편물 기계로 그 고생을 하지요?"

보스턴에 사는 기계 제조 업자 아리 데이비스는 물었습니다. "재봉틀을 만들면 되잖아요?"

20세 청년 일라이어스 하우Elias Howe는 이런 질문을 여러 번 들었지요. 아무도 이 질문을 심각하게 여기지 않았지만 호웨만은 달랐습니다. 호웨는 이 질문을 밤낮으로 떠올렸고 재봉틀을 만들기로 결심했지요. 호웨는 재봉틀을 만들 수 있으리라는 확신에 차 있었습니다.

그는 연구 과정에서 극심한 생활고에 시달렸지만 몇몇 친구들의 도움으로 겨우 생계를 유지할 수 있었지요. 그리고 마침내 1845년 재봉틀을 완성하고 모직 2장을 재봉해 보임으로써 그 실용성을 증명하였습니다. 이 재봉틀은 1분에 300땀이나 박을 수 있었지요. 이 기계는 처음 나왔을 때부터 거의 완벽했고, 오늘까지 그 모양이나 기능 등 모든 것이 처음과 거의 똑같습니다. 이 모든 것은 해낼 수 있다는 한 사람의 확신으로 가능했던 일이지요.

자동차의 경우도 마찬가지입니다. 오직 한 사람, 헨리 포드

Henry Ford는 수백만 대의 자동차가 운송 문제를 해결하리라는 신념을 가지고 있었지요. 그래서 그는 최초로 조립 생산 라인을 개발했고, 그 뒤 자동차의 역사는 바뀌었습니다.

한편 사뮤엘 모스Samuel Morse는 전기선을 통해 메시지를 전달할 수 있다는 신념을 가지고 있었습니다. 그는 실험을 위하여 알도우 의회에 돈을 청구했다 거절당하는 수모도 겪었지만 자신의 신념을 지켜 나갔지요. 그리고 결국 그의 꿈은 이루어졌습니다.

무엇이 여러분의 인생을 바꿀 수 있을까요? 무엇이 발전을 저해할 장애물인가요? 그 무엇도 여러분의 희망을 빼앗아 갈 수는 없습니다. 결단을 내려야 합니다. 더 이상 그 어떤 것의 유혹에도 나의 희망을 빼앗기지 않겠다고.

이제 본격적인 여름방학이 시작되었습니다. 이 무더운 계절에 매일매일 공부하며 규칙적인 생활을 한다는 것이 쉬운 일은 아닙니다. 그러나 무더운 여름 내내 벼가 알차게 익어 가듯이 여름은 진정한 리더가 되기 위한 귀중한 훈련 기간입니다. 오늘부터 새롭게 뜻을 정해 무더위와의 한판 승부를 멋지게 펼치기 바랍니다.

등반을 좋아합니까? 혹시 2,000m 이상 되는 산을 도중에 한 번도 쉬지 않고 등반해 본 경험이 있습니까? 모르긴 해도 그런 쉼 없는 등반은 무모한 자살 행위나 마찬가지일 것입니다. 무리 없이 2,000m나 되는 산을 오르려면 우리는 반드시 중간에 달콤한 휴식을 취해야 합니다. 이는 인간이라면 누구에게나 반드시 적용되어야 할 일입니다.

그러나 대부분의 청소년들은 무척 바쁜 생활을 하고 있습니다. 어떤 청소년들은 자신의 능력 이상으로 이 학원 저 학원 다니느라 만성적인 피로로 지쳐 있기도 합니다. 이러한 청소년들은 몸과 마음이 너무 힘들기 때문에 악순환의 굴레에서 좀처럼 벗어나기가 힘이 듭니다. 이런 악순환의 굴레에서 벗어나기 위해서는 모든 일을 잠시 내려놓고 깊은 평안 속에서 마음 다스리기를 해야 합니다.

요즘 여러분의 삶은 어떻습니까? 혹 휴식을 필요로 하고 있지는 않는지요? 만약 그렇다면 모든 일들을 내려놓고 깊은 평안 속에서 마음을 관리해 보세요.

이제 곧 방학이 시작됩니다. 먼저 여러분 마음속에 내면의 평안과 기쁨이 다시 충만할 수 있도록 깊은 마음관리의 시간을 가져 보세요. 그러고 나서 마음을 가다듬어 여름방학 계획을 세우기를 부탁드립니다. 공부를 하다가 쉬는 것이 게으른 것처럼 보일 수도 있겠지만 오히려 쉬는 동안 새로운 노력을 위한 힘이 모아집니다. 이는 마치 땅이 묵혀지는 동안 경작지로 회복되는 것과도 같습니다.

사랑하는 귀한 후배들, 오늘 하루 새롭게 뜻을 정해 깊은 마음관리 시간을 가지기를….

| 7월 23일 |
부지런함

부지런한 자는 사람을 다스리나 게으른 자는 종살이를 면치 못한다.

「잠언」 12 : 24

사람이 게으르면 추구하는 것을 얻지 못하지만 열심히 일하면 재산을 모은다.

「잠언」 12 : 27

게으른 자는 원하는 것이 있어도 얻지 못하지만 부지런한 사람은 원하는 것을 풍족하게 얻는다.

「잠언」 13 : 4

'저에게는 꿈이 있습니다. 소원도 있습니다. 되고 싶은 것도 있습니다. 마음으로는 정말 원하고 있는데 정말 그 일이 이루어질지는 잘 모르겠습니다. 자신감도 없고 너무 현실과 거리가 있는 것 같기도 하고…. 아무튼 왠지 잘 안 될 것 같습니다.'

이런 생각을 하는 후배들이 많을 것입니다. 저 역시 그렇답니다. 그렇지만 저는 딱 한 가지 확실하게 말해 줄 수 있는 것이 있습니다. 바로 부지런한 사람은 그 마음의 모든 소원을 얻을 수 있다는 것입니다. 막연히 두려워하고 불안해하는 것은 아무런 도움도 되지 않습니다. 그것보다 현재 내가 부지런한지 게으른지를 먼저 살펴십시오.

오늘 내가 졸린 눈을 비비고 새벽에 일어났는가? 아침 마음관리 시간을 보내고 오전 공부를 성실하게 했는가? 오늘 내가 게으르게 쓴 시간이 있는가? 저는 다른 데 힘을 쓰지 않고 현재 내가 부지런한가 아닌가로 국한시켜 생각해 보려고 합니다. 매 순간 최선을 다해 성실히 임하면 마음속에 있던 소원이 현실로 다가온다는 것을 알기 때문입니다. 이 말만큼은 정말 믿어도 좋은 말입니다.

사랑하는 후배들, 이제 여름방학이 시작되었습니다. 무더운 여름에 공부를 한다는 것은 정말 어려운 일입니다. 그렇지만 부지런한 노력으로 씨앗을 뿌린 자는 기쁨으로 반드시 거둔다는 진리를 잊지 않길 바랍니다.

여름방학 힘내세요!

| 7월 24일 |

여름방학 특별 숙제

고요히 앉는 것은 공부를 진전시키는 데 가장 큰 힘이 된다.

홍대용洪大容

21세기 최첨단 문명의 도구들은 사랑하는 후배들이 책상에 오래 앉아 있게 하는 것을 힘들게 만듭니다. 조금만 앉아서 공부하면 컴퓨터 오락 생각이 납니다. 조금만 앉아서 조용히 공부하려고 하면 친구에게서 문자 메시지가 옵니다. 조금만 앉아서 공부 좀 하려고 하면 친구에게서 동영상 문자 메시지가 옵니다. 조금만 앉아서 공부하려고 하면 친구에게서 휴대폰 전화가 걸려 옵니다. 앉아서 공부 좀 하고 있으면 금세 채

팅 혹은 인터넷 서핑이 하고 싶어집니다. 공부를 좀 하다가 금세 냉장고 문을 열고 무엇이 있는지 살펴봅니다. 공부를 좀 하다가 잠시 TV를 틀었는데 너무 재미있는 것을 해서 자신도 모르게 한두 시간 TV 시청을 합니다. 케이블 방송, 위성 방송 등 채널만 해도 수십 개에서 수백 개에 이릅니다.

공부보다 더 재미있고 짜릿한 것들이 많은 시대인 것입니다. 그래서 제대로 좀 앉아서 1시간 진득하니 공부하는 것은 보통 독한 학생이 아니면 불가능합니다. 조선 시대 실학자 홍대용 선생님의 말씀처럼 예나 지금이나 공부를 제대로 하려면 조용히 앉아 있는 습관부터 길러야 합니다. 기본 자세가 중요한 것입니다.

우선 30분부터 훈련을 시작해 봅시다. 그 다음에는 40분, 매일 10분씩 책상에 앉아 있는 훈련을 해 보세요. 단 1시간 이상은 앉지 마세요. 1시간 동안 앉아 있은 다음에는 꼭 3분간 스트레칭 하는 것 잊지 마세요. 그렇게 하지 않으면 저처럼 디스크로 고생을 할지도 모르니까요. 이번 여름방학 때 1시간 동안 조용히 앉아 있을 수 있는 습관을 기르는 것이 제가 여러분께 부여하는 특별한 숙제랍니다. 모두들 괜찮으시죠?

여름방학은 무척 짧기에 금방 지나갈 수 있습니다. 그래서 특별히 더 집중하여 놀 때는 확실히 놀고 공부할 때는 확실히 하세요. 참, 그리고 1시간 조용히 앉아서 훈련할 때 앉아만 있으면 안 됩니다. 물론 공부하면서 앉아 있는 거 다 아시죠? 핸

드폰를 잠시 꺼 두는 것이 훈련 효과를 극대화시킬 수 있다고
자신 있게 말씀드립니다.

나는 당신이 필요해

어느 시골 마을 의사가 한 환자에 대하여 말하고 있었습니
다. 환자의 남편은 강하지만 과묵해서 자신의 감정을 잘 표현
하지 않는 사람이었지요. 매우 마르고 연약한 그 여자 환자는
맹장이 터져 복막염이 되어서야 병원으로 왔습니다. 물론 현
재의 의술로 그 병에 대한 치료가 가능한데도 그녀는 점점 더
약해졌지요. 그래서 의사는 그녀에게 살려고 하는 의지를 북
돋아 주기 위하여 이렇게 말했답니다.

"존처럼 강한 사람이 되도록 노력해 보세요."

"존은 너무 강해서 누구의 도움도 필요 없는 사람이에요."

그날 밤 의사는 존에게 그의 아내가 회복하려는 의지가 없
는 것 같다고 말했습니다.

"제 아내는 나아야 해요. 수혈을 받으면 도움이 되지 않을
까요?"

존의 혈액형은 아내의 혈액형과 일치했습니다. 그래서 바로 수혈에 들어갔지요. 존은 아내 옆에 누워서 자신의 피가 아내의 정맥 속으로 흘러 들어갈 때 이렇게 말했습니다.

"나는 당신을 꼭 살리고 말 거야."

"왜죠?"

아내는 이렇게 물으며 눈을 감았습니다.

"왜냐고? 나는 당신이 필요해!"

존은 나지막이 대답했지요.

잠시 침묵이 흐른 뒤 아내의 맥박이 조금씩 빨라지며 아내는 눈을 떴습니다. 그리고 천천히 얼굴을 돌려 존을 바라보며 감격에 찬 목소리로 말했지요.

"제가 필요하다는 말을 전에는 한 적이 없잖아요."

이런 사실을 알게 된 의사는 말했습니다.

"그녀를 죽음의 문턱에서 살려 낸 것은 수혈이 아니라, 바로 그 피 속에 흐르던 사랑이었지요. 물론 그녀는 완전히 회복되었습니다."

사랑의 힘이 발휘되려면 두 가지 방법이 있는데, 바로 사랑을 주는 것과 받는 것이지요. 인생에서 가장 기억하고 싶은 소중한 때는 누군가가, "난 당신이 필요해요!"라고 여러분에게 속삭이는 순간일 겁니다. 이 아름다운 말을 하고 또 듣는 것이야말로 인생을 다르게 만들 수 있습니다. 존과 그의 아내 이야기는 실로 아름다운 이야기가 아닐 수 없습니다. 인간은 혼자서는 살 수 없는 존재입니다. 살며 사랑하며 믿고 베풀며 살아야 합니다.

여름방학은 한 달 정도로 매우 짧습니다. 그러나 그 한 달은 꿈과 희망을 현실로 만드는 중요한 역할을 할 것입니다. 무덥고 습기가 많기에 불쾌지수가 높아질 수 있습니다. 그렇지만 그 모든 것보다 여러분의 희망과 꿈은 소중합니다. 힘내세요. 그리고 보다 높은 희망과 꿈을 향해 새롭게 뜻을 정해 시작해 보세요. 묵묵히 인내하며 준비하는 멋진 청소년이 되기를 부탁드립니다.

불평과 감사

당신이 원하던 것을 얻지 못했다고 불평하지 말고, 당신이 받아 마땅한 벌을 받지 않은 것에 대해 감사하라.

짧지만 참 깊은 이야기입니다. 불평만 가지고는 문제를 해결할 수 없습니다. 주어진 상황에 감사할 줄 알 때 비로소 새로운 길을 발견할 수 있게 될 것입니다. 모두들 오늘 하루도 힘내세요.

오래 참음과 부드러운 혀

인내력 있는 설득은 완강한 통치자의 마음도 돌이켜 놓을 수 있으며 부드러운 혀는 뼈도 꺾을 수 있다.

「잠언」 25 : 15

강한 힘이 있다고 하여 무엇이든지 할 수 있는 건 아닙니다. 강한 의지와 열정만으로 모든 일이 해결되는 것이 아닙니다. 진정으로 강해지고 싶습니까? 진정으로 뛰어난 엘리트가 되고 싶습니까? 진정으로 앞서 나가고 싶습니까?

그러면 부드러움과 인내를 겸비하십시오. 이 두 가지가 여러분을 이 시대를 만들어 갈 진정한 리더로 만들 줄 것입니다.

| 7월 28일 |
네 자신을 먼저 가르쳐라

이스라엘에 설탕을 즐겨 먹는 아이가 있었습니다.

아이의 엄마는 설탕은 충치가 생기게 하니까 먹지 말라고 여러 번 주의를 주었습니다. 그러나 그 아이는 계속 설탕을 먹었습니다. 참다 못한 아이 엄마는 랍비를 찾아가 자초지종을 이야기했습니다. 그런 다음, "설탕은 몸에 좋지 않으니 먹지 말라"는 말을 아이에게 해 달라고 부탁했습니다. 그런데 랍비는 그러겠다는 대답 대신 다음 주에 한 번 더 올 수 없겠냐고 말하는 것이었습니다. 다음 주가 되어 엄마는 또다시 랍비를 찾아갔습니다. 그런데 이번에도 다음 주에 다시 한 번 와 달라고 했습니다.

이렇게 세 번을 반복한 뒤 랍비는 아이 엄마에게 이렇게 말했습니다. "사실은 저도 설탕을 즐겨 먹었습니다. 그런데 아주머니의 부탁을 받고 나니 설탕을 끊지 않을 수 없더군요. 어제 비로소 설탕을 끊을 수 있었습니다. 이제야 자신 있게 댁의 아드님께 설탕은 몸에 좋지 않으니 먹지 말라는 말을 할 수 있게 됐습니다."

여러분이 어떤 요구를 다른 사람에게 하기 전에 그 요구가 여러분 자신에게 더 필요한 것이 아닌지 먼저 살피기를 간절히 부탁드립니다. 진정한 리더는 바른 순서를 아는 사람입니다. 자신을 먼저 가르치고 남을 가르치는 것이 올바른 순서입니다. 저 역시 늘 이 말 앞에 두렵고 떨립니다. 저 역시 부족한 인간이기 때문입니다. 완벽할 수 없지만 노력하는 것이 저의 몫이라고 생각합니다. 최선을 향한 몸부림, 그것이 중요하다고 생각합니다.

무더운 여름입니다. 건강에 유의하시고 귀한 여름방학을 금보다 소중히 여기시길 바랍니다.

공부의 시작은 무엇일까

> 초학자의 공부란 어버이를 섬기고 형을 공경하며 어른에게 공손
> 하고 아이에게 자애롭게 하는 것에 불과하다. 이런 일에는 힘쓰지
> 않고 갑자기 심오한 성리性理를 연구하고자 한다면 이는 사람의
> 일을 통해 하늘의 이치를 탐구하는 게 아니니, 필경 마음에 참되
> 이 얻는 바가 없을 것이다. 이 점을 깊이 경계해야 한다.
>
> 조식曹植

공부란 과연 무엇일까요? 공부를 잘한다는 의미는 무엇일
까요? 수능 시험을 잘 보면 공부를 잘하는 것일까요? 공부의
시작은 어디일까요?

대학교에 가면 그때부터 공부와는 담을 쌓고 1~2년 노는
것을 대학 생활의 시작으로 알고 있는 학생들이 많습니다. 그
런데 요즘에는 취직이 어려워 대학에 입학하자마자 취업을 위
해 공부하는 학생들이 늘어나고 있습니다. 오로지 원하는 대
학에 가기 위해 좋아하는 것들을 잊어버리고 공부에만 몰두합
니다. 그리고 대학에 들어가서는 원하는 직장에 들어가기 위
해 인생에서 소중한 것들을 무시한 채 공부에만 몰두합니다.
그런가 하면 직장에 들어가서는 도중에 해고당하거나 명퇴당

하지 않기 위해 승진 시험에 몰두해야 합니다. 우리는 인생에서 정말 소중한 것들을 망각한 채 정신없이 허둥지둥 살고 있습니다.

이렇게 우리는 평생 공부를 하지만 과연 이런 식의 공부는 무슨 의미가 있는 것일까요? 유학을 공부하면 할수록 21세기의 공부하는 자세는 과거와 너무나 다르다는 것을 느낍니다. 공부의 시작은 중학교 1학년 영어·수학 교과서부터가 아닙니다.

부모님을 공경하고 어른에게 공손하고 형제자매에게 친절하게 대하는 것이 공부의 시작이라고 조식은 말하고 있습니다. 꼭 맞는 말이 아닐 수 없습니다. 무엇보다 기본이 중요합니다. 공부는 결국 사람이 되라고 하는 것입니다. 아무리 세계의 일류 대학을 나왔다 하더라도 인격이 되어 있지 못하면 그것은 불행한 일입니다. 그 사람에게도, 이 세계에도 인생에서 가장 소중한 것들을 무시한 채 성공만을 위해 하는 공부는 진정한 공부가 아닙니다.

이제 여름방학이 시작된 지도 일주일 정도 지났습니다. 시간이 참 빠르네요. 저는 여러분이 정말 마음이 따뜻하고 가족들에게 친절하며 어려운 이웃도 생각할 줄 아는 그런 정이 넘치는 실력자들이 되기를 소원합니다. 그런 사람들이 많이 나와야 합니다. 그렇지 않고서는 도무지 희망이 보이지 않습니다.

날씨가 무척 덥지요. 힘드실 겁니다. 하지만 조금만 더 힘을 내서 짧은 여름방학을 알차게 보내세요. 그리고 부탁드려요. 오늘 사랑하는 가족들에게 친절하고 따뜻한 말 한마디씩 꼭 전해 주세요. 그 말 한마디를 통해 세상이 밝아진답니다.

|7월 30일|
선한 생각은 즉시 실천하라

아무리 악한 사람이라도 선한 생각을 합니다. 그러나 선한 생각은 실천에 옮기지 않고 악한 생각만을 실천에 옮기기 때문에 악한 사람이 되는 것입니다. 우리는 해야 된다고 생각하는 일을 미루다가 이따금 어려운 일에 부닥칠 때가 있습니다.

어떤 어머니는 자전거를 즐겨 타는 아들을 위해 헬멧을 사주리라 마음먹고 있었습니다. 그러나 실천하는 것을 뒤로 미루었습니다. 그렇게 미루고 있는 동안 아들은 자전거에서 떨어져 머리를 다치고 말았습니다.

우리는 종종 선한 생각들을 사장死藏시키고는 합니다. 성경에는, "선을 행할 줄 알고도 행치 아니하면 죄"라고 명백하게 기록되어 있습니다.

여러분 안에 선한 생각이 있습니까? 그렇다면 지체하지 말고 실천하기 바랍니다. 왜냐하면 선한 생각이 갖고 있는 문제점은 그 생각이 실천되지 않으면 아무 소용이 없기 때문입니다. 오늘 하루도 힘들지만 새롭게 뜻을 정해 선한 생각을 실천하는 하루가 되도록 노력해 보세요.

| 7월 31일 |
보완의 시간

게으른 자의 길은 가시밭과 같고 정직한 자의 길은 고속도로와 같다.

「잠언」 15 : 19

여름방학 시작한 지도 이제 일주일 정도가 지났습니다. 일주일 동안 어떻게 보냈나요? 혹시 새벽 2시까지 인터넷을 하다가 아침 10시에 일어나서 오전 내내 비몽사몽으로 보내지는 않았나요?

여름방학은 대략 30일 정도입니다. 정말 하루하루가 너무나 귀한 시간입니다. 그런데 날씨가 너무 더워서 공부하기가 여간 힘든 것이 아닙니다. 나른해지기 십상인 것입니다. 그러나 뜻을 정한 학생들에게 여름방학은 기회의 시간입니다. 그동안 낭비했던 시간들을 만회하고 뒤쳐진 학업 실력을 보완할 수 있는 최고의 시간입니다.

여름방학 일주일을 성실하게 보내는 것은 학기 중의 3주를 성실하게 보내는 것과 맞먹습니다. 이왕 할 바에는 여름과의 한판 승부를 제대로 한번 해 보는 것은 어떨까요? 남들도 덥고 짜증나는 시기인데 뜻을 정해 공부하기로 했으면 힘들어도 꾹 참고 기분 좋게 해 보는 것이 어떨까요?

한번 흘러간 시간은 다시 돌아오지 않습니다. 지나간 시간을 너무 후회하지 말고 내게 있는 오늘 하루에 전심전력하십시오. 그것이 진정 지나간 시간을 다시 돌이킬 수 있는 현명한 방법입니다.

시간의 종이 되지 마시고 시간을 지혜롭게 사용하십시오

8 월의 이야기

사람이 사람을 날카롭게 할 수 있는 것처럼, 반대로
사람이 사람을 무디게도 할 수 있습니다. 청소년 시절 좋
은 친구를 사귀는 것은 그 어떤 것보다도 소중합니다. 좋
은 친구를 사귀게 되면 몸과 마음이 많이 성숙해지고, 나
역시 좋은 친구가 되고자 분발하게 되기 때문입니다.

병균을 삼키다

이집트에서 의료 봉사를 하는 한 단원은 봉사 지역 사람들이 계속해서 빈혈 증세가 나타나는 희한한 병으로 고통받는 것을 보고 고민했습니다. 그가 연구한 바에 의하면 병의 원인은 사람들이 먹는 샘물 주위의 흙에서 발견되는 간디스토마 균이었습니다. 그는 그의 아내와 함께 의학적으로 할 수 있는 최선을 다해 병을 치료하려 했지만 아무런 소용이 없었습니다.

그래서 그는 존스 홉킨스 의학 연구소에 편지를 보내 자신이 디스토마 균을 가지고 미국으로 갈 테니 치료 방법을 개발할 수 있도록 회의 일정을 잡아 달라고 부탁했습니다. 그러나 그가 미국으로 왔을 때 공항 이민국에서 그를 제지했습니다. 이민국 직원들은 그의 가방을 검사하고 디스토마가 든 용기에 대해 설명할 것을 요구했습니다. 그러자 그는 연구에 필요한 것이라고 설명했는데 이민국의 반응은 다음과 같았습니다.

"입국할 수 없습니다. 어떤 상황에서도 국내로 간디스토마 균을 들여오지 못합니다."

그는 부탁하고 애원하고 거듭 설명해 보았지만 소용이 없었습니다. 그는 디스토마를 버리느냐, 입국을 하지 않느냐를 결정해야만 했습니다. 결국 그는 디스토마를 버리기 위해 화장실로 향했습니다. 그는 병뚜껑을 열고 디스토마를 하수구에 쏟아 버리려 했습니다. 하지만 병으로 고통과 슬픔 속에 있는 친구들과 환자들 생각에 차마 버릴 수가 없었습니다. 이윽고 그는 병을 들어 입에 대더니 디스토마 균을 삼켜 버렸습니다. 그리고 그는 무사히 세관을 통과할 수 있었습니다.

그 후 5년 이상, 그 자신과 연구원들이 치료제를 발견하는 순간까지 고통을 받았습니다. 마침내 수많은 시행착오를 거쳐 치료제가 개발되었고, 그는 이집트로 돌아가 사랑하는 사람들이 앓고 있는 끔찍한 병을 치료하는 임무를 완수할 수 있었습니다.

그의 행동 원리는 간단합니다. 그 병으로 고통받는 사람이 타인이 아니라는 생각입니다. 그는 자신과 친구들을 똑같이 생각했고 하나가 되었습니다. 우정의 중요한 요소들은 공감하고, 동정하고, 배려하고, 사랑하고, 동일시하는 것입니다. 훌륭한 친구는 자신이 하고 싶지 않은 일을 친구에게 부탁하지 않습니다.

과연 나라면 이야기의 주인공처럼 행동할 수 있었을까요? 21세기를 살아가는 우리들의 마음은 이기심, 명문대 입학, 나만의 성공 등으로 가득 차 있습니다. 남을 위해 희생한다는 것이 너무나 어리석은 일처럼 느껴지게 됩니다. 대학 입시에서 고득점을 받는 것보다 남을 배려하고 사랑하는 마음을 훈련하는 것이 더 힘듭니다. 진정한 리더를 꿈꾸는 여러분, 공부 실력 향상과 아울러 무엇보다 남을 배려하고 사랑하는 마음훈련을 게을리하지 마십시오.

이제 8월이 시작됩니다. 너무 늦었다는 말처럼 어리석은 말은 없습니다. 오늘도 날씨는 덥지만 새롭게 뜻을 정해 이 한 달을 보내시기를 부탁드립니다.

|8월 2일|
백 번 보겠다는 마음으로 성실하게 노력하라

널리 배우고, 자세히 묻고, 신중하게 생각하고, 밝게 분별하고, 독실하게 행하여야 한다. 배우지 않으면 모르겠거니와 배울진대 능하지 못함이 없어야 하며, 묻지 않으면 모르겠거니와 물을진대 알지 못함이 없어야 하며, 생각하지 않으면 모르겠거니와 생각할진대 얻지 못함이 없어야 하며, 분변하지 않으면 모르겠거니와 분변할진대 밝지 못함이 없어야 하며, 행하지 않으면 모르겠거니와 행할진대 독실하지 않음이 없어야 한다. 남이 한 번 해서 그것에 능하다면 자기는 백 번 할 것이며, 남이 열 번 해서 그것에 능하다면 자기는 천 번 할 것이다.

『중용』이라는 책에서 제가 좋아하는 글입니다.

늘 이 글을 볼 때마다 제 자신을 돌아보게 됩니다. 매일매일 치열하게 공부와 씨름한다는 것이 참 힘들 때가 많습니다. 특히 저는 퇴행성 디스크로 오래 앉아 있는 것이 힘들기에 장시간 공부한다는 것이 참 힘듭니다. 그럼에도 불구하고 새벽에 일어나서 마음관리 시간을 가지고, 그때부터 공부와의 한판 승부를 새롭게 시작합니다.

조금만 방심하면 게으름과 나태함이라는 놈들이 슬금슬금 찾아와서 저의 의지를 시험합니다. 남들보다 여러 약점이 있기에 훨씬 더 노력해야 하는 처지라 한 시간 한 시간을 정말 아껴 쓰려고 몸부림칩니다. 다른 사람이 열 번 보아야 할 것을 저는 백 번 보겠다는 마음으로 성실하게 노력합니다.

새벽에 조금이라도 더 집중하여 공부하는 이유는 새벽 공부 시간이 저녁과 오후 공부 시간보다 세 배 이상 효과적이기 때문입니다. 오래 앉아서 공부할 수 없는 저이기에 정해진 시간에 집중하여 최고의 효율로서 공부하는 것이 절실히 필요했습니다. 그래서 그렇게 공부해 왔습니다.

요즘처럼 더운 날씨에 묵묵히 공부한다는 것은 결코 쉬운 일이 아닙니다. 하지만 꿈과 희망을 위해 열심히 노력하는 것만큼 아름다운 일도 없는 것 같습니다. 힘든 여름 조금 더 참고 인내할수록 2학기가 더욱더 풍성해질 것을 기대하십시오. 공부는 정직합니다. 오늘도 파이팅입니다.

|8월 3일|
바로 내가 그 어리석은 청년이었습니다

내 아들아, 내 말을 지키며 내 교훈을 잘 간직하여라. 내 명령을 지켜라. 그러면 네가 살 것이다. 나의 가르침을 네 눈동자처럼 지키고 이것을 항상 간직하고 네 마음에 새겨라. 너는 지혜를 네 누이처럼 생각하고 가까운 친구처럼 여겨라. 그러면 이것이 너를 지켜 음란한 여자들의 유혹에 빠지지 않게 할 것이다. 나는 우리 집 창문을 내다보면서 어리석은 자들을 많이 보았다. 그중에서도 특별히 지각없는 한 젊은이를 본 적이 있다.

「잠언」 7 : 1~7

그는 음란한 여자가 살고 있는 집 모퉁이 부근의 거리를 따라 그녀의 집 쪽으로 걸어가고 있었습니다. 때는 이미 해가 져서 어둠이 찾아드는 저녁 무렵이었습니다. 곧 기생처럼 예쁘게 차려입은 간교한 그 여자가 그를 맞으러 나왔습니다. 그녀는 집에 붙어 있지 않고 제멋대로 돌아다니며 어떤 때는 길거리에서, 어떤 때는 광장에서, 어떤 때는 길모퉁이에 서서 남자를 기다리는 창녀와 같은 여자였습니다. 그 여자가 그를 붙잡고 입을 맞추며 부끄러운 줄도 모르고 이렇게 말하였습니다.

"나는 오늘 화목제를 드려서 내가 서약한 것을 갚았다. 그래서 내가 너를 찾으려고 나왔는데 여기서 만나게 되었구나. 내 침대에는 이집트에서 수입해 온 아름다운 아마포가 깔려 있고 몰약과 유향과 계피를 뿌려 놓았다. 들어가자. 우리가 아침까지 마음껏 서로 사랑하며 즐기자. 내 남편은 먼 여행을 떠나고 지금 집에 없다. 그는 여비를 많이 가져갔으니 아마 보름이 되어야 집에 돌아올 것이다."

그녀가 그럴듯한 말로 구슬려 대자 결국 청년은 그녀의 유혹에 넘어가 그 여자를 따라갔으니 소가 도살장으로 가는 것 같고, 사슴이 올가미 속으로 뛰어 들어가는 것 같았습니다. 결국 화살이 그의 심장을 꿰뚫고 말 것입니다. 그는 세차게 그물을 향해 날아가면서도 자기 생명의 위험을 알지 못하는 새와 같은 자였습니다.

내 아들들아, 내가 하는 말에 귀를 기울이고 주의 깊게 들어라. 너희는 그런 여자에게 마음을 쏟지 말고 그 길에 미혹되지 말아라. 많은 사람들이 그녀에게 희생되었고, 그녀에게 죽은 자도 수없이 많다. 너희가 그런 여자의 집을 찾아다니는 것은 지옥행 급행열차를 타는 것이나 다름없다. 지혜가 부르지 않느냐? 총명이 소리를 높이지 않느냐?

한여름 밤의 달콤한 유혹이 올 때 긴장하십시오. 그리고 사냥꾼의 그물에서 비둘기가 도망가듯이 정말 지혜롭게 유혹에서 벗어나시길 바랍니다. 여름방학은 여러 유혹이 찾아오는 때입니다. 여러분 모두 유혹을 슬기롭게 극복하기를 간곡히 부탁드립니다.

당신만의 마이크

　가장 친한 친구란 무엇을 말하는 것일까요? 정말로 진실한 친구란 어떤 의미가 있고, 우리에게 어떤 일을 하는 것일까요? 이 짧은 이야기를 읽어 보고, 이러한 질문들에 대답할 수 있는지 알아봅시다.

　마이크와 팀은 이십 년 친구였습니다. 그들에게는 아내와 자식이 있었고, 직접 운영하는 사업체도 있었습니다. 그야말로 순조로운 인생의 전성기에 도달해 있었습니다. 그들은 지난 20년간 거의 일주일에 한 번씩은 꼭 서로를 방문했고, 두 가족은 함께 많은 시간을 보내곤 했습니다. 팀은 마이크와 같은 친구를 사귀게 된 게 얼마나 큰 행운인지 많은 이들에게 말하곤 했습니다.

　그는 진실로 마이크를 아꼈습니다. 왜 그랬을까요? 그는 마이크처럼 남을 배려하는 사람을 본 적이 없었기 때문이었습니다. 그는 지난 20년간, 실천을 통한 마이크의 헌신적인 생활 습관을 보아 왔던 것입니다.

　그러던 어느 날 팀의 인생에 비극이 찾아왔습니다. 그가 잠자는 동안, 그야말로 갑작스레 아버지가 돌아가셨던 것입니다. 그는 바로 마이크에게 전화를 걸어 올 수 있는지 물었습니다. 마이크는 말했습니다. "금방 갈게."

팀은 부모님 댁 잔디밭에서 조문객들을 맞으며 서 있었습니다. 그는 눈물도 거의 흘리지 않았고, 자신의 일을 잘하고 있는 것 같았습니다. 하지만 부모님의 길다란 농장 길을 따라 마이크를 태운 차가 오는 것을 보자마자, 그의 심장은 고동치기 시작했고, 눈에서는 눈물이 흘러내렸습니다. 마이크가 집 쪽으로 걸어올 때, 팀도 사람들 사이를 빠져나와 마이크를 향해 걷기 시작했습니다. 팀이 마이크와 마주 섰을 때, 그는 걷잡을 수 없이 흐느끼고 있었습니다. 그들은 서로 얼싸안았고 마이크는 팀을 위로했습니다. 뜰에 있던 사람들은 두 사람의 모습을 조용히 지켜보며 서 있었습니다.

왜 팀은 마이크를 보자마자 울었을까요? 둘 사이에는 무엇이 있었던 것일까요? 마이크와 팀의 관계는 아주 단순합니다. 그들은 서로를 먼저 생각했고, 자신의 생각과 꿈 그리고 두려움을 함께 나누고 있었기 때문입니다. 한마디로 서로를 진실되게 사랑하고 있었던 것입니다.

여러분도 여러분의 존재를 확인해 주며 인생의 모든 벽을 허물어뜨리는 친구라는 끈이 있습니다. 그것은 서로를 위로해 주는 두 개의 영혼으로 이 세상에서 가장 강력한 결합 가운데 하나입니다. 우리들 가운데 얼마나 많은 사람들이 이런 친구가 있다고 말할 수 있을까요? 불행히도 그렇게 많지는 않을 것입니다. 오늘날과 같이 엎치락뒤치락 바쁘게 살아가는 우리들은, 친구를 사귀고 사람들과 관계를 맺을 시간적 여유가 별로 없는 것 같습니다. 물론 친구에게 충실한 것이 최우선은 아니지만 그것은 분명 필요한 것입니다. 삶의 여유를 갖고 손을 내밀어 우정을 쌓아 봅시다. 그러면 아마도 여러분은 여러분만의 마이크를 만나게 될 것입니다.

이번 여름방학 동안 내가 먼저 진실한 친구가 되기로 결심하십시오. 그것은 뛰어난 실력을 쌓는 것 이상으로 귀중한 일입니다. 여러분이 먼저 진실한 친구가 되면 진실한 친구를 꼭 만나게 됩니다. 매일매일 마음관리 시간을 통해 여러분은 그런 사람으로 변하고 있답니다. 오늘 하루도 귀중한 시간을 아껴 더욱 알차게 보내기를 바랍니다.

자신에게 가장 나쁜 것

군자에게는 공부보다 더 자기를 향상시키는 방법은 없고, 스스로 한계를 설정하는 것보다 더 자신을 지체시키는 건 없다. 또 스스로 만족하는 것보다 더 큰 잘못이 없고, 자포자기하는 것보다 더 나쁜 게 없다.

정자程子

성리학자인 정자는 이런 말을 했습니다. "저는 이 글을 볼 때마다 항상 제 자신을 돌아봅니다. 그리고 방향 관리, 시간 관리, 목표 관리를 다시 점검해 봄으로써 내가 왜 공부하느냐에 대한 동기를 다시 확인합니다."

매일매일 공부한다는 것은 단순히 대학 입시를 위한 일만이 아닙니다. 공부를 통해 우리는 마음을 훈련할 수 있습니다. 공부를 통해 인내심과 절제, 성실함과 정직함을 배우게 됩니다. 또한 공부를 통해 나 자신을 더 많이 알게 되고, 나의 모자람도 더 많이 깨닫게 됩니다.

그런데 너무나 많은 청소년들이 공부가 주는 유익을 생각지 못하고, 그저 대학 입시를 위해 할 수 없이 해야 하는 일 정도로만 여깁니다. 이런 마음 상태로는 공부하는 것도 힘들고 공부가 주는 진정한 유익함도 제대로 배울 수 없습니다.

무더운 여름에 공부하는 것만큼 힘든 일도 없습니다. 시간은 가는데 공부는 뜻대로 잘 안 되고, 날씨는 너무 덥고…. 이런저런 이유로 공부하는 것이 정말 어렵습니다. 이럴 때는 잠시 눈을 감고, 내가 왜 공부해야 하는지를 떠올려 보길 바랍니다. 공부를 단순히 대학을 가기 위한 수단으로써가 아닌, 더 높고 귀한 마음의 열매로써 생각해 보길 바랍니다. 공부하는 마음이 한결 가볍고 즐거워질 것입니다.

마음 제어

자제할 능력이 없는 사람은 성벽이 무너진 무방비 상태의 성과 같다.

「잠언」 25 : 28

브레이크가 망가진 자전거를 타 보신 적이 있으십니까? 그런 자전거를 타고 내리막길을 내려와 보신 적이 있으십니까? 영화 속의 한 장면 같지만 저는 실제로 그런 일이 있었습니다. '정말 이러다가 죽겠구나'라는 생각이 번득 들었습니다. 기적적으로 큰 사고를 당하진 않았지만, 다음부터 자전거를 타게 되면 꼭 습관적으로 브레이크를 잡아 보게 되었습니다.

만약 제가 그 뒤로도 자전거를 탈 때마다 브레이크가 고장난 자전거를 탄다고 생각해 보십시오. 아마도 여러분은 저를 비웃을 것입니다. '아니 저분이 미쳤나, 아주 죽으려고 작정을 했나봐! 그렇게 무서운 경험을 했으면서도…. 그러다 정말 큰 사고 나지'라고 생각하며 말입니다.

하지만 여러분도 그 같은 어리석은 행동을 하게 될지도 모릅니다. 자제력이 훈련되지 않은 사람의 마음은 브레이크가 고장난 자전거를 타는 것과 같이 위험하기 때문입니다. 자제력을 훈련하기 위해서는 우선 조급함을 버려야 합니다. 조급함을 버리기 위해서는 일의 결과에 집착하지 말고 과정에 온 힘을 기울여야 합니다.

일의 과정에 온 힘을 기울이기 위해서는 과정 자체가 가지는 소중함을 알아야 합니다. 이는 매 순간 순간을 소중히 여기는 것에서부터 시작합니다. 글을 보는 지금 이 순간이 소중한 순간입니다. 오늘부터 뜻을 새롭게 정해 자제력을 기르도록 순간에 충실하십시오. 그러면 반드시 자제력은 더욱더 크게 훈련될 것입니다.

|8월 7일 |
오래된 습관을 깨뜨리는 습관 길들이기

매주 한 가지 자신의 오래된 습관을 깨뜨리도록 노력하십시오. 좋은 습관을 길들이게 되면 될수록 부정적인 생각에서 자신을 보호할 수 있게 됩니다. 학교에서나 가정에서나 색다른 행동을 해 보십시오. 지금까지 다니던 길이 아닌 새로운 길로 등교를 하거나, 항상 쓰던 손이 아닌 반대편 손으로 식사를 하는 등 처음에는 손쉬운 것부터 시작해 보십시오. 때로는 기존에 나에게 익숙한 습관들을 깨뜨려 보면서, 생활의 새로운 활력과 아이디어를 얻을 수 있습니다.

요즘 날씨가 무척 덥습니다. 그래서 여러분들의 실력 향상이 더디게 이루어지고 있습니다. 하지만 무더운 한여름 뜨거운 태양 아래 논에서는 벼들이 익어 간다는 것을 기억하길 바랍니다. 그 시기가 없으면, 벼가 맛있는 쌀이 될 수 없습니다. 여름의 한복판에서 공부 삼매경에 빠지기는 참 어렵겠지만 그것을 통해 여러분의 실력은 한층 더 강해지고 견고해질 것입니다. 특별히 그동안 공부에 등한시한 학생들에게 여름은, 힘든 만큼 실력을 향상시켜 역전의 발판을 만들 수 있는 절호의 기회가 될 것입니다.

한여름과의 승부에 포기는 있을 수 없습니다. 최선을 다해 여러분의 가능성을 현실로 이루어 가기를 부탁드립니다.

술

포도주는 사람을 거만하게 하고 독주는 사람을 떠들어 대게 하니
술에 취하는 사람은 지혜롭지 못한 자이다.

「잠언」 20 : 1

　대학 입시 100일 전이 되면 많은 학생들이 백일주라는 이
름으로 술을 마십니다. 매년 백일주로 인해 크고 작은 사고가
발생합니다. 백일주를 마시다가 과음하여 죽은 학생, 술에 취
해 운전하다 한강 다리 아래로 떨어져 큰 사고를 당한 학생 등
너무나 안타까운 일들이 매년 반복되고 있습니다. 그럼에도
불구하고 백일주 행사는 '적당히 마시면 괜찮겠지, 나는 그런
어리석은 행동은 안 할 거니깐 괜찮아'식의 무사안일주의로
여전히 이어지고 있습니다. 혹시 여러분도 그런 생각을 하고
있지는 않습니까? 사고를 당한 학생들 역시 그런 생각으로 백
일주를 마셨다는 사실을 아시나요?

　술은 적당하게 마시려고 해서 마실 수 있는 그런 친구가 아
닙니다. 처음에는 사람이 술을 마시지만, 시간이 흐르면 술이
술을 마시는 상황으로 바뀌게 됩니다. 술 앞에서 그 누구도

'나는 자신 있어'라고 말할 수 없다는 사실을 늘 가슴속에 담아 두시기를 부탁드립니다.

올해는 백일주 행사를 몸에 좋은 허브차나 과일 주스, 혹은 몸에 좋은 다른 음식으로 하는 것은 어떻습니까? 생각을 바꾸면 새로운 길이 열립니다. 오늘도 새로운 뜻을 정해 방학 기간을 알차게 보내시길 바랍니다.

|8월 9일|
미련한 자와 스스로 지혜롭게 여기는 자

개가 토한 것을 다시 먹는 것처럼, 미련한 자는 미련한 짓을 되풀이한다. 스스로 지혜롭다고 생각하는 사람보다는 오히려 미련한 자에게 희망이 있다.

「잠언」 26 : 11~12

스스로 지혜롭다고 생각하는 사람은 더 이상 누군가에게 배우려고 하지 않습니다. 자신의 생각과 판단이 최고라고 생각하기 때문입니다. 하지만 미련한 사람은 그의 미련함을 일깨워 주면 그 지혜를 받아들여 조금씩 지혜로운 사람으로 변할 수 있습니다.

여러분이 아무리 어떤 부분을 잘한다 할지라도 스스로 지혜롭다고 생각하지 않길 바랍니다. 진정한 엘리트는 나보다 남을 더 높게 여기는 사람입니다. 진정한 엘리트가 되셔서 우리 나라를 오늘보다 더 살기 좋은 나라로 만들어 주십시오.

꼭 부탁드립니다.

진정한 스포츠인

1936년 올림픽은 히틀러의 지배 아래 있던 독일에서 개최되었습니다. 그때 멀리뛰기에 참가한 미국 대표 선수는 제시 오웬스라는 흑인 선수였고, 독일 대표 선수는 멀리뛰기 경기만을 위하여 온 생애를 바쳐 훈련한 금발에 푸른 눈을 가진 루츠 롱이었습니다. 히틀러는 자신의 '일등 민족설'을 증명할 수 있도록 롱의 승리를 열렬히 응원했습니다. 예선전에서 제시 오웬스는 도움닫기를 잘못했습니다. 본선에 진출하려면 24피트 6인치를 뛰어야 했는데, 그만 1차 시도에서 실패하고 말았습니다. 반면에 롱은 무난히 본선 진출 자격을 따냈습니다. 제시 오웬스는 좀더 신중하게 2차 시도를 했지만, 본선 진출 자격에 3인치가 모자랐습니다. 제시는 극도로 긴장했습니다. 그래서 자신의 세 번째이자 마지막 시도를 하기 전, 기도를 하려고 한쪽 무릎을 꿇었습니다.

그때 누군가가 그의 이름을 부르며, 어깨에 잔잔하고 평온하게 손을 얹는 것이었습니다. 바로 루츠 롱이었습니다. "제시, 네 문제가 뭔지 알 것 같아! 넌 파울을 걱정하느라, 완전하게 실력 발휘를 할 수 없는 거야. 도약에만 집중을 해 봐!

나도 그렇게 하거든"이라는 루츠의 말에 "맞는 말이야!"라고 제시가 대답했습니다.

루츠는 "내가 지난번 베른에서 경기를 할 때 나도 같은 실수를 계속했는데, 이제는 그 해결책을 알고 있어"라고 말하며, 제시에게 구름판에 닿기 0.5피트 전에 온 힘을 다하여 도약하라고 알려 주었습니다. 그런 식으로 하면 파울을 범할 리가 없었지만 제시는 아직 자신이 없었습니다. 그러자 루츠는 자신의 수건을 제시가 도약해야 할 정확한 지점에다 놓아 주었습니다. 그 방법은 성공했습니다. 제시는 비공인 세계 신기록을 세우며 본선에 진출할 수 있었습니다. 루츠 덕에 본선 경기에 참가할 수 있게 된 것입니다.

결승전이 열린 날, 1차 시도에서 루츠보다 나중에 뛴 제시가 좀더 멀리 뛰었습니다. 2차 시도에서는 루츠가 제시의 첫 번째 기록을 능가했습니다. 그러나 이내 제시의 두 번째 기록은 루츠의 기록을 0.5인치 앞질렀습니다. 하지만 루츠는 3차 시도에서 세계 신기록을 세웠습니다.

이제 제시의 마지막 시도를 할 차례가 되었습니다. 도약을 하기 전, 그는 루츠가 자신을 쳐다보며 '제시, 최선을 다해! 네가 여태껏 했던 것보다 더 잘 뛰어 봐!'라고 말없이 독려하고 있는 것을 느꼈습니다. 그리고 제시는 해냈습니다. 루츠가 세계 신기록을 세웠는데도 불구하고, 루츠보다 조금 더 멀리 뛰어 버린 것입니다. "해냈구나!"라고 환호하며 루츠는 제시의 팔을 위로 번쩍 들어 주었습니다. "제시 오웬스! 세시 오웬스!" 그는 관중들에게 소리 질렀습니다. 그러자 10만의 독일 사람들도 그와 함께 '제시 오웬스!'를 외쳤습니다.

루츠야말로 진정한 리더입니다. 비록 그가 히틀러의 '일등민족설' 입증에 부흥하진 못했지만, 진정으로 훌륭한 스포츠 리더의 모습을 보여 주었습니다. 그처럼 행동하는 것은 쉬운 일이 아닙니다. 마음이 넓으며 훈련된 사람이라야 가능한 일인 것입니다.

무더운 여름방학 공부하느라 무척 힘드실 것입니다. 여러분은 그 노력으로 훗날 어렵고 힘든 사람들을 효과적으로 도울 수 있는 실력을 기르게 될 것입니다. 힘들어도 피할 수 없는 더위와의 한판 승부에 지혜롭게 승리하시길 바랍니다.

정말 문제가 되는 것은

엄마는 나의 머리칼 색이 어떻든
내 눈이 파란색이든 갈색이든
내 코가 들창코든 아니든
그런 것은 전혀 중요하지 않다고 말한다.

엄마는 내 피부가 검든 희든
내가 뚱뚱하든 날씬하든
그런 일에 대해서는 신경도 쓰지 않는다고 말한다.
그런 것은 정말 문제가 되지 않는다.

그러나 내가 남을 속이거나 거짓말을 하면
다른 아이들을 울리는 못된 말을 하면
사람들에게 무례하거나 예의 없이 굴면
그리고 올바른 일을 하려고 하지 않으면
그것은 정말 문제가 된다.

21세기 진정한 리더를 꿈꾸는 여러분, 핵심을 장악하십시오. 마음의 핵심이 아닌 지엽적인 일에 얽매이지 마십시오.

| 8월 12일 |
따뜻한 마음과 탁월한 성격

선비가 독서를 하면 그 은택이 천하에 미치고 그 공덕이 만세萬世
에까지 전해진다.

박지원朴趾源

연암 박지원은 조선 정조 때의 문인이자, 사상가입니다.
담헌 홍대용洪大容과 함께 북학파를 주도한 인물로서 청나라
의 선진 문명을 배워 낙후한 조선의 현실을 개혁하고자 하였
습니다. 그는 학문이란 모름지기 이용후생利用厚生, 즉 백성의
생활 도구를 편리하게 하여 그 삶을 윤택하게 하는 데 목적이
있다고 생각하였습니다. 그래서 선비의 직분은 또한 이용후
생의 학문을 수행하여 백성들에게 이바지하는 것이라 여겼습
니다.

이러한 그의 사상은 바로 진정한 리더 사상의 밑거름이 됩
니다. 진정한 리더는 자기 혼자 잘 먹고 잘 살기 위해 열심히
공부하는 것이 아닙니다. 어려운 이웃과 힘든 자들을 위해 높

은 뜻을 정해 공부하고, 내 이웃에게 선한 이웃으로 다가가기 위해 열심히 노력하는 것입니다. '따뜻한 마음'과 '탁월한 실력', 이 두 가지 중 어느 하나라도 부족해서는 안 됩니다.

그런 뜻을 정한 청소년들이 많아지고, 그들의 실력이 우리 나라에 고르게 퍼졌으면 좋겠습니다. 그래서 우리 나라가 진정한 리더의 나라도 우뚝 서기를 기대합니다.

이제 여름방학도 절반이 지나갑니다. 날씨는 갈수록 덥고 힘들지만, 여러분의 귀한 노력이 새 학기에 진가로 발휘될 것을 생각하며 열심히 노력하시길 바랍니다. 여러분에게 주어진 귀한 책임을 한시라도 잊지 마십시오.

|8월 13일|
내가 알았어야 했던 것들

한 중년 남자가 젊은이들에게 연설을 해 달라는 부탁을 받았습니다. 그는 젊은이들이 경험하지 못한 인생을 되돌아보며, 연설 내용을 준비했습니다. 다음은 그가 젊은이들에게 준 메시지입니다.

오십 평생을 살면서, 인생이라는 모래시계에 남은 모래보다 빠져나간 모래가 많다는 걸 느낄수록, 인생은 더 뚜렷이 보인다는 사실을 깨달았습니다. 그리고 그럴 때 내가 깊은 명상과 사색에 빠져들고 있음을 발견했습니다. 내 인생은 풍성했으나, 후회되는 일도 있습니다. 물론 여러분도 후회를 경험할 수 있습니다. 그래서 나는 21세가 되기 전에, 꼭 알아 두면 좋을 만한 것들을 대략 묶어 보았습니다.

서른 살 이후의 건강은 스물한 살 이전에 어떤 음식을 먹었느냐에 좌우된다는 걸 알았어야 했습니다.

돈을 어떻게 써야 잘 쓰는 것인지 알았어야 했습니다.

습관은 21세 이후에 바꾸기 어렵다는 걸 알았어야 했습니다.

연세 많은 분들과 현명한 분들의 충고를 무시하지 말았어야 했습니다.

부모님이 자식을 기르는 의미를 알았어야 했습니다.

유익하고 격려가 될 만한 글들을 많이 알아 뒀어야 했습니다.

마음의 교양을 쌓기 위해 다른 사람을 돕는 것보다 더 효과적인 일이 없다는 걸 알았어야 했습니다.

정직하게 땀 흘리고 일해서 돈을 벌어야 한다는 걸 알았어야 했습니다.

어떤 분야에서 최고가 되려면 좋은 교육을 받아야 한다는 걸 알았어야 했습니다.

이웃이나 나 자신과의 관계에서 정직은 최선의 방책이라는 걸 알았어야 했습니다.

이제 여름방학도 얼마 남지 않았습니다. 그동안 잘 보내셨습니까? 혹시라도 알차게 보내지 못한 분들이 계시다면 오늘부터 뜻을 정해 다시 시작하기를 부탁드립니다. 단 며칠이라도 새롭게 시작하여 방학을 보내다가 개학을 맞이하는 것이 2학기를 위해 매우 중요합니다. '이미 방학 때 제대로 못 보냈는 걸' 하면서 자포자기하지 마십시오. 중요한 것은 오늘부터 새로워질 수 있다는 것입니다. 아직 포기할 때가 아닙니다.

| 8월 14일 |
유순한 사람의 힘

성미가 급한 사람은 다툼을 일으켜도 좀처럼 화를 내지 않는 사람
은 시비를 그치게 한다.

「잠언」 15 : 18

어떤 잘못을 했습니다. 그래서 마음이 무척 무겁고 이제
혼나겠지 하면서 마음을 졸이고 있습니다. 상대방이 분명 버
럭 화를 내겠지 하면서 초조하게 기다리고 있습니다. 그런 상
황에서 상대방이 별말 하지 않고 조용히 "누구나 한 번쯤 실
수할 수 있어. 다음에 정말 그러면 안 돼"라고 했습니다. 이런
적이 있으십니까?

대부분의 사람들은 이런 상황에서 상대방에게 굉장한 미안
함과 고마움을 느낍니다. 그리고 앞으로 그 사람에게 그런 실
수를 하지 않겠다고 결심하고 각오를 단단히 합니다. 그런데
만약 상대방이 예상한 것처럼 버럭 화를 내고, 있는 소리 없는
소리 다했다고 생각해 보십시오. 그러면 마음속에서 이런 생
각이 듭니다. '내가 잘못했다는 거 알아. 그런데 꼭 그렇게 심
한 말을 해야 해? 나도 자존심이 있어. 이제 잘못한 만큼 잔소

리 들었으니 그것으로 됐어.'

어느 쪽이 진정으로 지혜로운 사람일까요? 화난다고 있는 대로 화를 내는 사람인가요? 아니면 화가 나도 한 번 더 참아 주는 사람인가요? 물론 후자입니다. 좀처럼 화를 잘 내지 않는 성품은 청소년 시기부터 훈련해야 할 성품입니다. 진정한 리더가 되기 위해 반드시 필요한 일입니다.

|8월 15일|
잊어버릴 일과 기억할 일

당신을 슬프게 했던 일은
항상 잊도록 하라.
그러나 당신을 기쁘게 했던 일은
항상 기억하도록 하라.

배신한 친구들은
항상 잊도록 하라.
그러나 당신과 끝까지 함께 해 준 친구들은
항상 기억하도록 하라.

과거의 어려웠던 일들은
항상 잊도록 하라.
그러나 매일매일 오는 축복들은
항상 기억하도록 하라.

이제 여름방학도 얼마 남지 않았습니다. 무더운 여름, 공부하느라 많이 지치고 힘드실 것입니다. 하지만 새 학기 한층 성장한 자신을 떠올리며, 조금만 더 힘내십시오.

| 8월 16일 |
인생에서 가장 중요한 것

조지 워싱턴 카버는 뚜렷한 삶의 목표를 가지고 중용을 지키고자 노력했던 선량한 사람이었습니다. 그는 노예제도하에서 태어났기 때문에, 학교 교육을 받기 위해 거대한 편견과 싸워야만 했습니다. 그는 갖은 학대와 시련을 겪어 냈습니다. 하지만 그는 좌절하지 않았고, 마침내 흑인으로서는 최초로 명망 있는 아이오와 대학의 교수가 되었습니다. 다른 교수들은 그를 아꼈으며 학생들은 열정적으로 그의 강의를 들었습니다.

그의 인생에서 처음으로 멋진 시기가 찾아온 것입니다.

그때 카버에게 부커 워싱턴으로부터 편지 하나가 도착했습니다. 남부 흑인 교육 사업에 동참할 것을 제안하는 편지였습니다. 카버는 고민 끝에 아이오와 대학의 교수직을 사임하고 흑인 교육 사업에 매진하였습니다. 몇 년 동안의 헌신과 희생으로 카버의 위대한 정신은 천천히 결실을 맺기 시작했습니다. 그의 교육은 사람들에게 그들이 더 이상 노예가 아니라 한 인간으로서 존엄성을 지닌다는 사실을 일깨워 주었습니다.

정말 놀랄 만한 일은 카버 자신이 새로 발견한 과학적 비밀들을 돈벌이에 쓰지 않았다는 것입니다. 그는 누구든지 필요로 하면 비밀들을 가르쳐 주었습니다.

세 명의 미국 대통령이 그와 친구가 되고자 원했습니다. 산업계에서도 그를 데려가려고 서로 경쟁했습니다. 만일 커버가 에디슨 연구소에서 일하기로 승낙했다면, 토마스 에디슨이 카버에게 연봉 1백만 달러와 멋진 새 연구소를 주려 했다는 사실을 믿을 수 있습니까? 카버는 이 엄청난 돈과 매력적인 자리를 거절했습니다. 어떤 사람들은 그를 이상하게 여겼고 심지어는 의심을 하기까지 했습니다. "그만한 돈이 있다면 좋은 일에 쓸 수 있지 않을까요?" 라고 묻는 사람도 있었습니다. 그러면 그는 이렇게 대답했습니다.

"내가 이 많은 돈을 갖는다면 나는 내 도움이 필요한 사람들을 다 잊어버리게 될 것이오."

그의 비석에는 "그는 명성과 재산을 얻을 수 있었지만 아무것에도 욕심이 없었다. 그는 세상 사람들을 위하여 헌신하며 행복과 명예를 찾았다" 라고 쓰여 있습니다.

도대체 카버의 머릿속에는 무엇이 들어 있길래 이런 일들을 할 수 있었을까요? 그저 놀라울 뿐입니다. 매일 마음관리 시간을 통해 여러분도 카버처럼 선한 이웃이 되기를 바랍니다. 뜻을 정해 실천하는 것을 게을리하지 마십시오.

유비무환 有備無患

춘추 시대, 열강의 침략 위협에 시달리던 정鄭나라가 진晉나라의
도움으로 전쟁의 위기에서 벗어날 수 있었다. 이에 정나라는 감사
의 표시로 많은 보물과 미녀들을 진나라 왕에게 바쳤다. 진나라
왕은 그것의 반을 그동안 크고 작은 여러 전쟁에서 많은 공을 세
운 위강魏絳에게 주어 공적을 치하하였다.

그러나 대쪽 같은 성품을 지닌 위강은 보물과 미녀들을 받지 않고
왕에게 되돌려 보내면서 다음과 같은 말을 남겼다.

"평안할 때에도 위태로움을 생각하라고 하였습니다. 미리 생각하
면 대비가 있게 되고, 대비(備)가 되어 있으면(有) 근심거리(患)가
생기지 아니할(無) 것입니다. 신은 이것을 규범으로 삼을 것을 삼
가 아뢰옵나이다."

이 말을 들은 진나라 왕은 위강의 남다른 식견에 다시 한 번 놀라
고 크게 깨달은 바 있어, 보물과 미녀들을 모두 정나라로 돌려보
냈다고 한다.

『춘추좌씨전』

이이 선생님과 관련한 이야기입니다. 위의 글과 비교했을
때 안타까운 대목입니다.

임진왜란이 일어나기 전 율곡 이이 선생님은 선조에게 아

되었습니다.

"미리 나라가 평안할 때 10만 군병을 양성하여 대비하여야 합니다. 그렇지 않으면 10년 안에 장차 큰 변란이 있을 것입니다."

유성룡이 곁에 있다가 다시 임금께 아뢰었습니다.

"나라가 평안할 때 군사를 기르는 것은 곧 화를 기르는 것과 같습니다."

왕의 절대적인 신임을 얻고 있는 유성룡이 반대하고 나서자, 이이도 더 이상 어찌할 수가 없었습니다. 이윽고 임금 앞에서 물러나자 이이는 유성룡에게 말했습니다.

"나라가 달걀을 포개 놓은 것보다 위태로운데 속된 선비는 미처 때를 가려 일할 줄을 모르니, 그들에게는 더 이상 바랄 것이 없네. 하지만 그대까지 그런 말을 할 줄은 몰랐네. 미리 군사를 기르지 않으면 반드시 뒷날에 이르러 후회할 것이네."

임진왜란이 닥치자, 비로소 유성룡은 뼈저리게 후회하며 말했습니다.

"후세에 나는 소인이라는 말을 면할 수 없을 것이다. 태평한 시대에 10만 군사를 준비하자고 청하는 것을 나는 불필요한 소요를 일으키는 어리석은 일이라고 여겼는데, 지금에 이르고 보니 한스럽기 짝이 없다. 이율곡은 높은 식견을 가졌던 것이니 참으로 부끄럽기 짝이 없구나. 한스럽구나! 이제 보니 그는 참으로 성인이었다."

만약 유성룡이 이이의 이야기를 반대하지 않고 선조에게 이이와 함께 10만 양병설을 주장하여 임진왜란 전에 10만의 군병이 준비되어 있었다면 일본이 쉽게 전쟁을 일으키지 못했을 것입니다. 진나라 왕이 위강의 유비무환 충고를 들은 것처럼 선조 임금이 조금만 더 이이의 이야기에 귀를 기울였으면 어떻게 되었을까 생각해 보게 됩니다.

대부분의 사람들은 평안할 때는 그냥 즐기고 안이하게 시간을 보낼 때가 많습니다. 위강과 이율곡처럼 평안할 때 다가올 위태로움을 미리 준비하는 사람들은 많지 않습니다.

청소년 시절은 인생에서 가장 중요한 시기 중 하나입니다. 어떤 마음으로 이 시간들을 보내느냐에 따라 미래가 결정됩니다. 지금 우리는 경쟁이 치열한 사회를 살고 있습니다. 변화의 속도가 상상을 초월합니다. 언제, 무슨 일이, 어떻게 일어나고, 나의 삶이 어떻게 뒤바뀔지는 아무도 모릅니다. 이런 상황일수록 미래에 대하여 청소년 시절부터 준비함이 있어야 합니다.

저는 모든 친구들에게 법대, 의대를 가라고 말하지 않습니다. 각자에게 주어진 재능이 다릅니다. 자기의 강점을 살려 청소년 시절부터 그 분야의 전문가가 되기 위해 최선을 다해 실력을 쌓으십시오. 그와 더불어 어려운 이웃들을 돌아볼 수 있는 따뜻한 마음을 지닌 마음의 실력도 쌓으십시오. 청소년 시절은 탁월한 실력과 따뜻한 마음을 겸비한 진정한 리더가 되기 위한 준비의 시기랍니다.

준비하는 청소년들의 미래는 밝습니다. 유비무환의 정신을 지금부터 몸에 익히는 여러분이 되기를 소원합니다. 오늘부터 새롭게 뜻을 정해 시작해 보세요.

|8월 18일|
마음먹기에 달렸다

알렉산더 왕이 이끄는 군대가 페르시아를 공격하기 위해 전진하고 있었을 때의 일입니다. 그런데 이상하게도 군인들은 패전을 결심이라도 한 듯 힘없이 행군을 하고 있었습니다. 평소답지 않게 너무나 힘없이 걷는 군인들을 보면서 알렉산더는 의아해 했습니다.

'도대체 왜 이럴까? 용맹과 투지로 똘똘 뭉쳐 있던 나의 부하들이 왜 이렇게 무기력할 정도로 맥이 빠져 있을까? 무슨 일일까?'

곰곰이 생각하면서 그는 병사들을 관찰하기 시작했습니다. 그러다가 마침내 이유를 발견했습니다. 병사 한 명 한 명이 평소보다 훨씬 더 많은 짐을 지고 있었던 것입니다. 그것은 이전의 여러 전투에서 승리하여 얻은 노획물들이었습니다.

'이미 노획물들을 잔뜩 가지고 있는데 굳이 또 전쟁을 해야 하나? 그냥 집에 가서 가족들과 편안하게 쉬고 싶다. 그냥 집에 가서 노획물을 가지고 행복하게 살고 싶다.'

노획물을 잔뜩 지고 터덜터덜 걷는 병사들의 머릿속에는 온통 이런 생각들로 가득 차 있었습니다. 알렉산더 왕은 군인들의 행군을 멈추게 하였습니다. 그리고 명령을 내렸습니다.

"지금 자신이 가지고 있는 모든 노획물을 이곳에 내려놓아라."

그러고는 그 노획물들을 모두 불태워 버리도록 명령했습니다. 이 명령에 병사들은 심하게 불평했습니다. 하지만 왕의 명령이 너무나 준엄했기에 할 수 없이 병사들은 가지고 있던 모든 노획물들을 꺼내어 불태웠습니다.

그리고 알렉산더는 말합니다.

"이제 우리가 싸워야 할 페르시아와의 전쟁은 우리가 지금까지 해왔던 전투와는 비교할 수 없을 정도로 어마어마한 전쟁이다. 이 전쟁에서 승리하느냐 못 하느냐는 바로 우리의 인생이 걸린 중요한 문제이다. 이 전쟁에서 승리만 할 수 있다면 지금 태워 버린 노획물보다 100배는 더 많고, 더 좋은 것을 얻을 수 있다. 그러니 너무 실망하고 아까워하지 마라. 지금 당장 눈앞에 보이는 작은 노획물에 만족하지 말고 더 큰 것을 바라보고 다시 한 번 힘을 내라. 더 멀리, 더 높이 바라보라. 지금 안이하게 마음을 풀 때가 아니다."

결국 알렉산더와 그의 군사들은 페르시아와의 전쟁에서 대승을 거두게 됩니다.

누구는 아주 부유한 가정에서 태어날 수도 있고, 누구는 어려운 환경에서 태어날 수도 있습니다.

'왜 나는 이렇게 가난하고 어려운 환경에서 태어난 거야. 나도 돈 많고 빵빵한 집에서 태어났으면 얼마나 좋았을까? 그랬으면 내 인생도 참 많이 달라졌을 텐데.'

혹시 이런 생각을 가지고 계시지는 않은지요?

사람들은 모두 각자의 삶의 무게를 가지고 살고 있습니다. 어떤 이의 삶이 보기에는 매우 화려하고 멋져 보여도 실제 삶은 공허할 수 있습니다. 비록 경제적으로 가난하고 어려워도 가족들 간의 따뜻한 정과 사랑이 있는 가정에는 행복이 찾아옵니다. 아무리 부유하고 권력이 있어도 사랑이 없으면 불행합니다. 중요한 것은 마음먹기에 달려 있습니다. 만약 알렉산더의 병사들이 여러 전투에서 승리하여 획득한 노획물을 잔뜩 지고, 승리했다는 도취감에 빠져 교만한 상태로 페르시아와의 전쟁에 임했다면 그들은 지고 말았을 것입니다.

때로는 우리 삶에 찾아오는 여러 어려움과 어려운 환경들이 우리로 하여금 더 열심히 하게 만드는 분발의 계기가 될 수 있습니다. 우리가 어떻게 마음을 먹고 관리하느냐에 따라 어려운 환경은 분발의 계기가 우리로 하여금 더 높은 꿈으로 나아가게 합니다.

여러분 가운데 너무 힘들고 어려운 환경에 있어 항상 불만과 불평으로 살고 있는 분이 계시다면 이제부터는 새롭게 마음을 먹고 시작해 보십시오. 불만과 불평만으로는 어려운 환경이 극복될 수 없답니다. 오히려 어려움을 계기 삼아 더 분발하도록 하세요.

그리고 여러분 가운데 좋은 환경에서 남부럽지 않게 살고 계신 분들이 있다면 그것에 대하여 감사하게 생각하시되 좋은 환경만을 의지한 채 노력을 소홀히 하는 일이 없도록 더욱 유념하시기 바랍니다.

여러분은 무한한 가능성을 지닌 청소년들입니다. 현재의 환경에 만족하여 평생을 그것에 의지하여 산다는 것은 어리석은 일입니다. 힘든 환경 속에서도 뜻을 굽히지 않고 자신의 꿈과 희망을 바라보며 묵묵히 최선을 다하는 청소년의 미래는 결코 어둡지 않습니다. 얼마든지 환경과 상황은 변할 수 있고 역전의 가능성은 많습니다. 힘은 들겠지만 그래도 그것을 변화시킬 수 있는 가능성이 여러분에게 있기에 포기하지 마시고 다시금 힘내시길 간곡히 부탁드립니다.

핵심 장악 실패

하루는 젊은 청년이 철도 침목 사이에서 5불짜리 지폐 한 장을 주웠습니다. 그 시간 이후 그는 걸을 때면 언제나 땅만 쳐다보고 걸었습니다. 30년 동안 그는 2만 5,916개의 단추와 6만 2,172개의 핀 그리고 1센트짜리 동전 7개를 주웠습니다.

그러느라 그의 등은 굽어 버렸고 성격은 아주 심술궂은 노랑이가 되어 버렸습니다. 그 모든 것을 '찾느라' 그는 친구들의 미소도 새들의 노랫소리도 자연의 아름다움도 이웃들을 섬기며 행복이 퍼지게 하는 일도 다 잃어버린 것입니다.

요행을 바라지 마십시오. 여러분은 젊고 여러분의 어깨는 미래의 희망과 꿈으로 견고합니다. 작은 요행에 여러분의 미래를 저당 잡히지 마십시오. '미래의 핵심 장악'은 바로 '오늘의 노력'에 달려 있습니다. 잊지 마십시오.

| 8월 20일 |
친하다는 이유만으로

형제가 화목하지 못하면 그들의 자질子姪도 서로 사랑하지 않게되고, 자질이 서로 사랑하지 않으면 종족의 자제들끼리 소원해지고 엷어진다. 종족의 자제들이 소원해지고 엷어지면 동복童僕들도원수와 적이 되고 만다. 이렇게 되고 나면 길 가던 사람이 모두 그얼굴을 짓밟고 그 마음을 밟는 모욕을 줄 때면 누가 이를 구제해주겠는가?

어떤 사람 중에 천하의 선비와 사귀어 모두가 좋아하고 사랑하면서 그 형에게는 공경을 잃은 자가 있다. 어찌 그 능히 많은 사람에게 할 수 있는 일을 적은 사람에게는 못하는가! 또 어떤 이는 혹수만 명의 군사를 거느려 그 사력死力을 다하면서 그 아우에게는은혜를 잃는 자가 있다. 어찌 그 소원할 자에게는 능히 그렇게 하면서 친히 해야 할 자에게는 그렇게 하지 못하는가!

『안씨 가훈』

'가족이니깐 괜찮겠지' 하면서 나도 모르는 사이에 함부로 대할 때가 있습니다. 다른 사람이라면 엄두도 못 낼 행동을가족에게는 너무도 당연하게 할 때가 있습니다.

제 동생은 현재 군의관으로 복무를 하고 있습니다. 저는 그를 많이 좋아합니다. 그는 심성이 워낙 곱고 착하며 어렸을 때부터 제 말을 잘 따랐습니다. 그래서 저는 친하다는 핑계로 함부로 말하고 대할 때가 가끔 있었습니다.

그러던 어느 날, 동생이 제게 큰소리로 이야기를 했습니다.

"친할수록 앞으론 더 조심해서 대해 줬으면 좋겠어. 형이 그러면 정말 나도 힘들어."

난생 처음으로 그런 이야기를 들어 보았습니다. '아! 내가 친하다고 너무 함부로 했구나' 라는 생각이 드는 순간, 망치로 머리를 '쿵' 하고 맞은 느낌이었습니다. 제 자신이 몹시 부끄러웠습니다. 그래서 저는 동생에게 사과를 하고 앞으론 정말 조심하겠다고 말했습니다.

여러분 가운데도 이런 실수를 하시는 분들이 있을 것입니다. 가까운 사이일수록 한번 멀어지기 시작하면 걷잡을 수 없습니다. 아무리 마음이 착하다 할지라도 정도가 넘어서면 관계는 깨지게 마련입니다. 행여 저처럼 친구에게 혹은 가족에게 친하다는 이유로 이해해 주겠지 하면서 생각 없이 행동하고 있다면 오늘부터는 남들에게 하는 것보다 더 잘 대해 주십시오. 부디 저와 같은 실수를 반복하지 않기를 바랍니다.

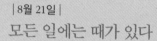

모든 일에는 때가 있다

세상의 모든 일은 다 정한 때와 기한이 있다. 날 때와 죽을 때, 심을 때와 거둘 때, 죽일 때와 치료할 때, 헐 때와 세울 때, 울 때와 웃을 때, 슬퍼할 때와 춤출 때, 돌을 던질 때와 돌을 모을 때, 포옹할 때와 포옹하지 않을 때, 찾을 때와 잃을 때, 간직할 때와 던져 버릴 때, 찢을 때와 꿰맬 때, 침묵을 지킬 때와 말할 때, 사랑할 때와 미워할 때, 전쟁할 때와 평화로울 때가 있다.

「전도서」 3 : 1~8

공부할 때와 쉬어야 하는 때, 잠을 자야 할 때와 일어나야 할 때가 있습니다. 여러분이 이 두 가지만 잘 지킬 수 있다면 자신이 원하는 대학, 학과를 들어가는 데 부족함이 없을 것입니다.

모든 일에는 그 시기에 맞는 때가 있습니다. 때를 잘 분별하고 때에 맞는 일을 하십시오. 한 번 지나간 때는 다시 돌아오지 않습니다. 명심하십시오. 시간의 종이 되지 마시고 시간을 지혜롭게 사용하십시오.

| 8월 22일 |

마음먹기

조그마한 화분 하나, 둘 사이에도 풍정風情은 얼마든지 있다. 마음에 찰 풍광風光은 반드시 먼 곳에 있는 것이 아니다. 좋은 경치는 먼 곳에 있지 않고 대풀로 인 초가삼간에도 풍월과 운치 있는 경치가 있어 주인을 즐겁게 해 준다. 풍정은 자기 자신의 마음속에 있는 것이지 결코 먼 곳에서 얻을 수 있는 것이 아니다.

『채근담』

인간이 과연 얼마나 돈을 벌고 성공하면 만족할 수 있을까요? 여러분의 생각은 어떻습니까? 아마도 각자 그 기준은 다를 것입니다. 어떤 사람은 1조를 벌어도 만족하지 못할 수 있고, 어떤 사람은 100만 원을 벌어 만족할 수 있습니다. 그렇다면 그 기준의 차이는 어디에서 오는 것일까요? 그것은 바로 여러분의 마음에 달려 있습니다. 성공의 기준은 외부가 아닌, 자신의 마음속에 있습니다. 얼마를 버느냐에 상관없이 내 마음속에서 만족한다면, 그것이 진정한 성공인 것입니다.

이제 무더운 여름방학도 다 지나가고 있습니다. 그동안 자신이 의도한 만큼 공부를 한 친구들도 있을 것이고, 그렇지 못한 친구들도 있을 것입니다. 여러 이유로 자신의 계획만큼 공부하지 못한 친구들은 마음에 큰 바위 덩어리를 얹어 놓은 것처럼 마음이 무거울 것입니다.

하지만 지금 아무리 후회를 하고 마음 아파해도 지나간 시간이 돌아오진 않습니다. 오늘부터는 새롭게 마음을 다독이면서 새 학기를 위한 준비를 해야 할 것입니다. 공부를 잘하지 못했다는 마음의 짐이 새 학기 공부에 지장을 주지 않도록 말입니다.

새롭게 마음을 먹고 시작하십시오. 그리고 지나간 실수와 실패를 반복하지 않도록 보다 주의를 기울이십시오.

적당함의 미학

손님과 벗들이 구름처럼 모여들어 실컷 마시고 놀다가 이윽고 시간이 다하여 촛불도 가물거리며 향내음 사라지고, 차도 식어 버리면, 모르는 사이에 도리어 흐느낌으로 변하여 사람을 쓸쓸하고 무미하게 만든다. 천하의 일이 다 이와 같은데 어찌 빨리 고개를 돌리지 않는가?

『채근담』

무슨 일이든지 극단까지 가지 말고 적당하게 해야 함을 깨우쳐 주는 말입니다. 여러분도 이런 경험은 다 있으실 것입니다. 방학이 다 끝나갈 무렵의 공허함과 허전함을 여러분도 가지고 계실 것입니다. 그리고 새 학기에 대한 두려움도 있으실 것입니다.

이제 곧 새 학기입니다. 벌써 새 학기가 시작된 학교들도 있을 것입니다. 새 학기 계획을 세우되 아무리 좋은 계획이라도 내가 지킬 수 없는 계획은 세우지 마십시오. 아무리 방학 때 공부를 못하고 마음이 초조할지라도 무리한 계획은 세우지 마십시오. 한 방에 역전하려고 급한 마음먹지 마십시오. 너무 욕심을 부리면 오히려 해가 됩니다. 실행 가능한 계획을 세우고 꾸준히 지키는 것이 무리한 계획보다 훨씬 낫습니다.

적당함의 미학이라는 말이 있습니다. 적당함은 뛰어남보다 부족함을 의미하지 않습니다. 적당함을 유지한다는 것에는 강인한 자기 절제와 냉철한 자기 통찰력이 필요합니다. 새롭게 뜻을 정해 새 학기를 시작하십시오. 여러분의 꿈과 희망은 높게 가지되 계획은 실천 가능한 것부터 시작하십시오.

'네 시작은 미약하나 네 나중은 심히 창대하리라'라는 성경 구절이 있습니다. 마찬가지로 여러분의 시작은 보잘것없고 약해 보일 수 있으나, 여러분의 나중은 그 누구도 예상치 못할 정도로 크고 원대해질 것입니다. 그러기 위해서는 오늘 나에게 맞는 적당한 계획을 세우고 실천하는 일이 무엇보다 필요합니다. 새로운 마음으로 오늘부터 힘차게 나아가십시오.

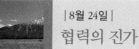

협력의 진가

두 사람이 한 사람보다 더 나은 것은 협력하므로 일을 효과적으로 할 수 있기 때문이다. 만일 두 사람 중 하나가 넘어지면 다른 사람이 그를 도와 일으킬 수 있으나 혼자 있다가 넘어지면 그를 도와 일으켜 주는 자가 없으므로 그는 어려움을 당하게 된다. 추운 방에 두 사람이 함께 누우면 따뜻해진다. 그러나 혼자서 어떻게 따뜻해질 수 있겠는가?

한 사람이 당해 낼 수 없는 공격도 두 사람이면 능히 막아낼 수 있으니 삼겹줄은 쉽게 끊어지지 않는다.

내가 정말 힘들 때 나를 도와주고 내가 정말 기쁠 때 함께 기뻐해 주는 친구, 청소년기에 이런 친구를 사귀는 것은 명문 대학에 합격하는 것보다 더욱더 귀한 일입니다. 목표를 위해 최선을 다해 공부하면서도 좋은 친구 사귀는 일에 인색하지 않기를 부탁드립니다. 우리의 긴 인생에서 그 시간은 결코 헛된 시간이 아니기 때문입니다.

하면 절대 후회하지 않을 일들

노인에게 친절히 대할 것.

화가 나서 쓴 편지는 찢어 버릴 것.

우정의 회복을 위해 먼저 사과할 것.

명예를 손상시키는 중상모략은 중단할 것.

아이로 하여금 자신을 발견할 수 있도록 도와줄 것.

시간을 내서 부모님께 존경심을 표할 것.

우리는 하면 꼭 후회하는 일들을 알면서도 자주 합니다. 반면 하면 좋은 일들은 알면서도 자주 잊어버리고 하지 못합니다. 진정한 리더가 되길 바라는 여러분, 하면 절대 후회하지 않을 일들을 마음에 새기십시오. 이제 새 학기가 시작됩니다. 새 학기에는 후회하는 일들보다 보람된 일들이 더욱 많아지도록 새롭게 뜻을 정해 나아가기를 부탁드립니다.

사려 깊은 교수님

개강 첫날 한 대학 교수는 늘 해 왔듯이 101명의 학생에게 자기소개를 하라고 시켰습니다. 이름과 얼굴을 같이 기억할 수 있도록 이름과 함께 자신이 제일 좋아하는 것과 싫어하는 것을 이야기하라고 말했습니다. 학생들은 차례로 일어나서 자신의 이름을 말하고 제일 좋아하는 것과 싫어하는 것을 이야기했습니다. 조금 서먹서먹한 분위기였지만 가끔은 강의실이 웃음바다가 되기도 하였습니다.

그때 도로시 차례가 돌아왔습니다. 그러나 그녀는 일어서지 않고 머리를 숙인 채 아무 말도 없이 책상만 쳐다보고 있었습니다. 교수는 그녀가 듣지를 못했거나, 너무 수줍음을 타거나, 용기가 조금 모자란 것이 아닐까 하고 생각했습니다.

"도로시, 도로시, 말할 차례예요!" 하지만 도로시는 여전히 아무 반응이 없었습니다.

그래서 교수는 다시 한 번 말했습니다. "자, 도로시, 자기소개를 해 봐요!"

다소 오랜 침묵을 깨고 그녀는 일어났지만 학생들이 볼 수 있게 얼굴을 돌리지는 않았습니다. 그녀는 말했습니다. "저는 도로시 잭슨이에요." 그리고 그녀는 학생들을 향해 돌아서서 자신의 얼굴을 가리고 있던 긴 머리카락을 손으로 쓸어 올렸습니다. 그런데 그녀의 왼쪽 얼굴 전체가 거의 대부분 붉은 점으로 덮여 있었습니다. 도로시는 불쑥 이렇게 말했습니다.

"여러분은 이제 제가 가장 싫어하는 것이 뭔지 알겠어요?"

도로시의 말이 끝나자마자, 사려 깊은 교수는 그녀를 향해 걸어갔습니다. 그는 부드럽게 몸을 숙여 그녀의 점에 입맞춤을 하고 힘껏 안아 주었습니다. 그리고는 똑바로 서서 이렇게 말했습니다. "괜찮아요. 나는 도로시가 아름답다고 생각해요!" 그녀는 흐느끼기 시작하더니 몇 분 동안 울기 시작했습니다. 다른 학생들도 교수를 따라 그녀 주위에 모여 그녀를 안아 주었습니다.

그녀는 자세를 가다듬으며 말했습니다. "고마워요. 저는 평생을 누군가가 안아 주고 아름답다고 말해 주길 기다려 왔어요." 도로시는 잠시 말을 멈춘 뒤 마음을 가라앉힌 다음, 조용히 속삭이듯 말했습니다. "우리 부모님은 왜 저에게 그렇게 해 주지 않았을까요? 엄마조차 한 번도 제 얼굴을 만져본 적이 없어요."

사랑의 손길 따위는 아무런 힘이 없다고 생각하지 마십시오. 또한 그러한 손길이 아무나 가질 수 없는 것이라고 생각하지 마십시오. 사랑으로 가득한 따뜻한 손길은 믿을 수 없이 강한 힘과 가능성이 있으며, 여러분 누구나가 가질 수 있는 것입니다.

2학기가 시작되었습니다. 새 학기 여러분의 친구들 중에서 누군가가 절박하게 여러분의 손길을 기다리고 있습니다. 가만히 눈을 감고 생각해 보십시오. 떠오르는 얼굴이 있다면 여러분이 손을 내밀어야 할 바로 그 친구입니다. 여러분의 손길이 그 친구에게 새 힘과 희망을 줄 수 있습니다. 오늘 꼭 실천하십시오.

| 8월 27일 |
부

돈을 사랑하는 자가 그 돈으로 만족을 얻지 못하고 부유하기를 바라는 자가 그 수입으로 만족을 얻지 못하니 이것도 헛된 것이다. 재산이 늘면 그만큼 소비도 많아진다. 그 소유주의 눈을 즐겁게 하는 것 외에 무슨 유익이 있겠느냐? 노동자는 먹을 것이 많든 적든 단잠을 잘 수 있으나 부자는 재산이 많으므로 이것저것 걱정하다가 잠을 자지 못한다. 나는 또 하나의 다른 심각한 문제를 보았다. 사람들은 억척스럽게 돈을 모으고서도 그 돈으로 위험한 투기를 하여 일이 잘못되면 하루아침에 재산을 다 날려 버린다. 그는 아들이 있어도 물려 줄 것이 아무것도 없다.

「전도서」 5 : 10〜13

수백 억대의 유산을 서로 한 푼이라도 더 받기 위해 형제 자매 간에 머리 잡고 싸우는 모습을 종종 텔레비전을 통해 보게 됩니다. 또한 유산을 조금이라도 빨리 받기 위해 부모님을 살해하는 비정한 자식들의 모습도 보게 됩니다. 과연 진정한 부자의 기준은 무엇일까요? 부모를 죽이고 형제를 고소할 만큼 돈은 중요한 것인가요? 여러분은 어떻게 생각하시나요? 제 주변에 있는 부유한 분들의 이야기를 가끔 들어 보면 돈은 그렇게 중요한 것이 아닙니다.

가난할 때엔 아빠가 월급을 타온 날이면 온 가족이 한 달에 딱 한 번 외식을 했다고 합니다. 그러다가 돈을 점점 많이 벌게 되면서 식구들 각자 바쁘게 되었다고 합니다. 매일 외식을 해도 돈이 남아돌 정도지만, 한 달 아니 일 년에 한 번 온 가족이 외식하는 날도 드물다고 합니다. 아빠는 아빠대로 엄마는 엄마대로 각각 애인이 있다고 합니다. 아이는 아빠가 준 골드 카드를 가지고 사고 싶은 것을 마음대로 사며 자기 하고 싶은 대로 산다고 합니다.

과연 이 가정은 행복할까요? 돈으로 행복을 살 수 있는 것처럼 보이지만 실제로는 그렇지 않습니다. 돈의 노예가 되면 아무리 돈이 많아도 불행하다는 것을 기억하십시오. 여러분은 돈의 주인이 되십시오. 그리고 진정한 행복을 만끽하시길 바랍니다.

이 아이 옆에 있으면 기분이 좋아요

어느 공동묘지에 한 소녀의 묘지가 있었는데, 묘지 앞에 있는 희고 작은 돌에 다음과 같은 글이 새겨져 있었다.

"놀이 친구들이 '이 아이 옆에 있으면 기분이 좋아요'라고 말한 어린이."

지금까지 들어 본 묘비문 중 가장 아름다운 묘비문의 하나입니다. 내가 죽었을 때 나의 묘비문에도 이런 글이 남겨지면 좋겠습니다.

새 학기 친구들과의 관계에서 잊지 말아야 할 한 가지는 '내가 더 많이 사랑하고 더 많이 좋아해 주기'입니다. 사랑은 받을 때보다 줄 때 더 많이 행복할 수 있다는 것을 기억하기 바랍니다.

내가 한때 게으른 자의 밭과 지혜 없는 사람의 포도원을 지나가다
가 온통 가시덤불이 덮여 있고 잡초가 무성하며 돌담이 무너져 있
는 것을 보고 깊이 생각하는 중에 이런 교훈을 얻었다. "좀더 자
자. 좀더 졸자. 손을 모으고 좀더 쉬자" 하는 자에게 가난이 강도
처럼 갑자기 밀어닥치고 빈곤이 군사처럼 몰려올 것이다.

「잠언」 24 : 30∼34

게으른 자는 손을 그릇에 넣고도 입에 갖다 넣기를 싫어한다. 게
으른 자는 분별력 있게 대답하는 사람 일곱보다 자기를 더 지혜롭
게 여긴다.

「잠언」 26 : 15∼16

우리 모두 그동안 게으름과 너무 친한 친구가 되었습니다.
그래서 마음은 공부하길 원하지만 몸이 따라오지를 않아 가슴
이 막막하고 답답합니다. 한번 굳게 마음먹고 게으름을 떠나
가게 하자니 그것도 쉽지 않습니다.

여러분이 진정으로 그 친구를 떠나가게 하고 싶다면 계속
결단하며 노력하고 또 노력하십시오. 이 과정을 부지런히 하
면 여러분과 게으름은 점점 멀어지게 될 것입니다. 아직 포기

할 때가 아닙니다. 좀더 힘을 내서 오랜 불청객 게으름을 떠나
보내시기를 바랍니다.

| 8월 30일 |
실패를 두려워하지 마라

칼럼니스트 에비 엘린Abby Ellin은 〈뉴욕 타임스〉에 '처음에
성공하지 못한다면 정말 축하받을 일이다!' 라는 기사에서 『권
력, 돈, 명성, 성』의 저자인 그레첸 루빈Gretchen Rubin의 말을 그
대로 인용하고 있습니다.

"실패는 전면에 서 있을 뿐만 아니라 가장 앞선 자가 되기
위한 대가이다. 예전에는 실패자로 낙인찍히기를 한 번도 원
한 적이 없으리라. 그러나 이제는 실패가 창조적이고 위험을
감수하는 사람이라는 사실을 여실히 보여 주고 있다. 그리고
모든 사람은 바로 그것에 대해 칭찬하고 있다."

'실패' 라는 이름의 티셔츠 등 스스로 의기소침하다고 말하
는 것들로 100만 달러 이상의 매출을 올리고 있는 데스페어의
CEO 저스틴 스웰Justine Sewell의 말도 일맥상통합니다.

"특히 젊은이들은 더 이상 실패를 부끄러워하지 않습니다.

위험을 감수하는 데 따르는 자연적이고 이해할 만한 결과로 인식하고 있습니다. 우리 문화는 한 번도 성공하지 못한 비겁자보다는 실패할 위험을 감수하는 사람을 좋게 평가한다고 생각합니다."

예전에 저는 대학에 떨어지고 나서 무척 비관한 적이 있습니다. 고3부터 저를 괴롭혀 온 허리 디스크를 탓하며 '몸만 안 아팠으면…. 내가 가진 지식을 제대로 활용도 못해 보고 이렇게 시험을 봐야 했으니'라고 억울해했습니다. 그동안 열심히 한 모든 것이 한 순간에 무너져서 많이 괴롭고 힘들었습니다. 그러나 얼마 후 다시 마음을 잡고 공부에 매달렸습니다. 다시 공부를 하던 중에는 부모님의 대형 교통사고 등 여러 가지 어려운 일도 많았습니다.

실패와 좌절을 겪으면서 처음에는 너무나 괴로웠는데 나중에는 오기가 생겼습니다. '그래 더 이상 내려갈 바닥도 없어! 다시 한 번 해 보자. 다시 뜻을 정해 해 보자. 아무리 힘들어도 또 해 보자.' 그때 저는 소심하고 유약한 제 실패를 통해 조금씩 성장하고 있다는 것을 알게 되었습니다. 지금 처한 상황이 아무리 힘들고 어려워도 포기하지 마십시오. 실패를 두려워하지 마시고 정면으로 맞서 싸워 보십시오.

오늘로 8월이 지나면 새로운 달의 시작입니다. 새 학기의 실패를 두려워한 나머지 너무 소극적으로 보내고 있지는 않습니까? 더 이상 물러날 곳이 없다면 더 이상의 실패도 없습니다. 수많은 시행착오를 통해 나만의 학습 계획이 만들어지는 것입니다. 최선을 다해 노력하십시오. 우리가 정말 두려워해야 하는 것은 실패가 아니라 무의미하게 보내는 시간이라는 것을 기억하시길 바랍니다.

| 8월 31일 |
허기증

굶어 죽는다는 것을 생각해 본 적이 있으십니까? 요즘 세계에서는 5세 미만의 아이들만도 하루에 약 4만 명이 굶어 죽고 있다고 합니다. 참으로 가슴 아픈 일이 아닐 수 없습니다. 그런데 이렇게 굶어 죽어 가고 있는 사람들을 살펴보면, 처음에는 음식에 대한 갈망이 대단하다고 합니다. 그러나 시간이 흐를수록 정신이 혼미해지고, 마침내는 어떠한 음식도 먹고 싶지 않은 단계에 이른다고 합니다. 그러고는 결국 죽게 됩니다.

그런데 이런 육체적인 굶주림보다 더 심각한 문제가 있습니다. 이 문제는 가난한 사람과 부유한 사람 모두가 가지고 있는 문제입니다. 바로 영혼의 굶주림입니다. 21세기 한국 사회가 돈 만능주의, 쾌락 만능주의, 물질 우선주의 사회로 변해 가면서 영혼의 굶주림은 점점 심해지고 있습니다. '쾌락과 향락 공화국'이라고 할 정도로 한국의 향락은 극에 달했고, 육체적 쾌락에 중독된 초등학생들과 청소년들은 갈수록 늘어 갑니다. 그리고 그런 현상이 심해질수록 영혼의 굶주림은 더욱더 그 정도가 깊어지고 있습니다.

일주일 내내 마음관리를 하지 않고 영혼과 마음에 유익함을 주는 책 한 권, 아니 단 한 문장도 읽지 않는 학생들이 너무 많습니다. 겉으로 볼 때는 풍요한 물질문화를 누리는 것처럼 보이지만 좀더 자세히 들여다보면 영혼이 너무 오랫동안 굶주려 허기증조차 못 느끼는 학생들이 너무 많습니다. 스스로 괜찮다고 생각하지만 실제론 마음이 죽어 가는 친구들이 우리 주변엔 너무 많습니다.

육체가 오랫동안 굶주리게 되어 몸의 저항력이 떨어지면 여러 가지 질병에 걸리게 됩니다. 영혼도 오랫동안 굶주리게 되어 마음의 저항력이 떨어지면 여러 가지 질병에 걸리게 됩니다. 우울증, 의욕 상실증, 목표 상실증, 불안과 초조, 그리고 부정적 생각에 의한 자포자기, 자기 비하 등. 육체의 병도 무섭지만 영혼의 병은 더 무섭습니다. 왜냐하면 마음이 한 번 병들기 시작하면 그것을 치료하기가 어렵기 때문입니다. 상한 마음을 원래대로 회복한다는 것은 정말 힘든 일입니다.

혹시 영혼이 굶주려 그 허기조차 못 느끼는 친구들이 있으신지요? 만약 있다면 오늘부터 새롭게 뜻을 정해 마음관리에 들어가십시오. 마음에 힘을 주고 영양분을 줄 수 있는 글들을 매일 시간을 정해 놓고 읽어 가십시오. 그리고 좋은 글은 오려서 책상 앞에 붙여 놓고 하루에도 여러 번 자주자주 보십시오.

저는 워낙 소심한지라 마음에 힘이 되는 글들을 하루에도 여러 번 본답니다. 쉬는 시간에 그 글을 보며 불안하고 초조한 마음, 소심한 마음을 관리하고 극복하고자 합니다. 그런 시간을 가지고 나면 마음이 차분히 안정되면서 지금 내가 해야 하는 일들에 대해 명확하게 알게 됩니다. 불안과 걱정으로 분산된 마음이 모아지게 됩니다.

그러면 지금 해야 할 일에 집중할 수 있는 마음과 집중력이 생기지요. 그런 마음이 생길 때 비로소 현재 나에게 주어진 시간, 바로 '지금'이라는 소중한 시간에 전심전력할 수 있게 됩니다. 저는 믿습니다. 그런 노력들이 쌓여 알찬 하루가 되고 보람된 일주일이 되고 준비된 미래가 될 것을.

행여 요즘 마음관리 시간을 게을리 했다면 지금부터 다시 뜻을 정해 시작하시기를 간곡히 부탁드립니다. 비록 물질적으로 어렵고 여러 가지 일들로 많이 괴로워도 마음만은 그 누구보다도 건강하고 부자인 여러분이 될 수 있습니다. 그런 사람들이야말로 어려운 환경을 딛고 우뚝우뚝 설 수 있는 21세기 진정한 실력자라고 저는 생각합니다. 여러분이 그런 마음의 힘을 기르시기를 간절히 소원합니다.

목표를 정하는 것은 인생에서 가장 중요한 일입니다

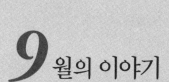

9월의 이야기

인생의 행복은 멀리 있지 않습니다. 내가 이웃을 위해 할 수 있는 일은 무엇일까요? 작은 선행이라도 미루지 말고 한 가지라도 꼭 실천해 보십시오. 삶에 여유와 기쁨이 생기게 될 것입니다.

혹시 하나님 아니세요?

제2차 세계 대전이 끝난 직후에 유럽의 나라들은 파괴된 상처들을 복구하기 시작했습니다. 유럽 대륙의 대부분은 폐허나 다름없는 상태였지요. 그러나 가장 슬픈 건 고아가 된 아이들이 굶주리며 황폐해진 거리를 헤매고 다닌다는 사실이었습니다.

어느 쌀쌀한 아침, 어떤 미국 군인이 런던에 있는 병영으로 돌아가는 중이었습니다. 그가 탄 지프가 막 코너를 돌 때, 다 해진 옷을 입고 빵집 창문에 코를 박고 서 있는 꼬마 한 명을 보게 됐지요. 빵집 안에는 도넛 가루를 반죽하는 사람이 보였습니다. 배고픈 소년은 창문에 붙어 서서 반죽하는 사람의 모든 움직임을 놓치지 않고 보고 있었습니다. 그는 인도에 차를 바짝 댄 후 내려서 소년이 있는 쪽으로 걸어갔습니다. 군인은 그 소년이 눈치 채지 못하게 조심스럽게 다가갔지요.

며칠씩 굶주린 아이는 반죽한 도넛이 프라이팬의 뜨거운 기름 속으로 들어가는 것을 보며 군침을 삼키고 있었습니다. 그가 소년 뒤에 다가서서 바라보니 프라이팬에서는 잘 튀겨진 도넛이 막 꺼내져 있었습니다. 빵집 주인은 어떤 도넛엔 설탕

가루를 입히고 어떤 도넛엔 설탕 시럽을 입히기도 했지요. 도 넛이 유리 진열대에 놓여지는 것을 보던 소년의 입에선 조그 마한 한숨 소리가 새 나왔습니다.

"얘야, 저 도넛 먹고 싶니?"

군인은 아이에게 다정하게 물었습니다.

깜짝 놀라 뒤돌아본 아이는 그때서야 군인을 발견했습니 다. 아이는 감격한 목소리로 말했습니다.

"네, 먹고 싶어요!"

그는 안으로 들어가서 맛있게 생긴 도넛을 여러 개 샀습니 다. 그는 도넛이 든 봉투를 들고 가게를 나와, 춥고 안개 낀 런 던의 아침 거리에서 떨고 있는 소년에게 갔습니다. 군인은 미 소를 지으며 도넛이 든 봉투를 아이에게 건네주었습니다.

"자, 먹으렴!"

군인이 다시 차로 돌아가는데 뭔가 뒤에서 옷자락을 잡아 당기는 느낌이 들었습니다. 멈추어 돌아보니 소년이 자신을 올려다보고 있었습니다. 소년은 눈을 반짝이며 물었습니다.

"아저씨, 혹시 하나님 아니세요?"

따뜻한 사랑에서 나온 자비야말로 하나님과 가장 비슷할 겁니다. 아름다운 마음을 가진 사람이 세상의 빛과 소금입니 다. 저는 여러분이 그 주인공이라고 믿습니다.

자기중심적인 사람

다른 사람과 잘 어울리지 않는 사람은 자기 이익만을 추구하고 모든 지혜로운 판단을 무시한다. 미련한 자는 남을 이해하려 들지 않고 자기 의견만 내세우기 좋아한다.

「잠언」 18 : 1~2

왕따를 당하는 이유는 참 다양합니다. 터무니없는 이유로 왕따를 당할 수도 있지만 그럴 만한 이유로 당하는 경우도 있습니다(물론 그럴 소지가 있다고 해도 왕따를 하는 것은 옳지 않은 일입니다).

그중에 대표적인 이유가 바로 자기중심성 때문입니다. 요즈음에는 대개 핵가족이 많기 때문에 자녀가 한 명 혹은 두 명입니다. 부모님들은 지극 정성으로 자식들을 기릅니다. 집안에서 왕처럼 자란 청소년의 특징은 자기중심적 태도가 너무 강하다는 것입니다. 모든 일을 할 때 자기 위주로 돌아가는 가정에서 자라면 학교라는 공동생활을 하는 곳에서도 그런 습관이 나도 모르게 나오게 됩니다. 자신만 알고 주변 사람들을 배려하지 않는 자기중심적인 사람들은 사람들이 싫어하게 마련입니다. 자기 이익만을 위해 살고 주변 사람들을 이용하려는 사람과는 가까이 하고 싶지 않습니다.

그 결과 자기중심적 성향이 강한 학생들이 학교에 가면 왕따를 당하는 경우가 종종 있습니다. 여러분은 어떤지요? 인간은 누구나 자기중심적 성향이 있습니다. 문제는 그것이 지나치면 나와 타인에게 큰 불행을 초래한다는 것입니다. 황금률을 늘 잊지 않기 바랍니다. 내가 타인에게 대접받고자 하는 대로 타인에게 먼저 하십시오.

2학기를 시작하는 날입니다. 새 학기를 어떻게 보낼 것인가 많이 생각해 보고 또 생각해 보십시오. 자기 이익만 추구하는 사람이 아닌 남과 더불어 살겠다고 결심하십시오. 새 학기가 더욱 새로워질 것입니다.

다른 쪽으로도 한번 생각해 봐라

미국의 어떤 신발 회사가 세계적으로 주목받는 개발도상국으로 두 명의 판매원을 파견했습니다. 신발 회사 사장은 시장을 넓히고자 했지요.

판매원 가운데 한 사람은 2주만에 돌아왔습니다. 낙담해서 돌아온 그는 이렇게 불평했지요.

"바보 같은 사람들, 나를 신발도 신지 않는 나라에 보내다니!"

하지만 다른 판매 사원은 그곳에 남았습니다. 몇 주 동안 아무 연락이 없다가 본사로 큰 우편물이 배달되었는데 그 안에는 온갖 종류의 치수가 적힌 신발 주문서가 가득 들어 있었지요. 상자 안에는 주문서와 함께 급하게 쓴 메모지도 들어 있었습니다.

"주문서를 더 보내 주십시오. 이곳 사람들은 다 맨발이라 모두가 미래의 고객이에요!"

우리들의 인식이란 참으로 미묘한 것입니다. 사실 인식이란 실체가 없는 거지요. 정확히 반잔의 물이 있습니다. 여러분은 이것을 보고 물이 '반이나' 있다고 말할 것인가요? 아니면

'반밖에' 없다고 할 것인가요? 컵에 들어 있는 물의 양은 변함이 없지만, 어떻게 인식하느냐에 따라 전혀 다르게 생각되는 것입니다.

새 학기가 시작된 지 얼마 되지 않았는데 벌써 공부를 포기하는 친구들을 보게 될 것입니다. 여름방학 내내 별로 공부하지 않고 허송세월한 친구들은 새 학기 공부 진도를 잘 따라가지 못하고, 스스로 이런저런 이유를 대며 공부를 포기하게 됩니다. 여름방학을 알차게 보낸 학생들은 모든 면에서 여유가 있어 보이고 실력이 향상된 것 같은데 나만 그렇지 못하다는 생각에 아예 포기해 버리겠다는 마음이 생길 겁니다.

그러나 두 판매원의 이야기에서 보았듯이 똑같은 상황이라도 어떻게 바라보고 뜻을 정하느냐에 따라 결과는 180도 달라집니다. 혹시 여름방학 동안 열심히 공부도 못하고 실력도 쌓지 못했나요? 그렇다면 자신의 게으름에 대해서 철저하게 반성하십시오. 그런 다음 역전의 기회는 아직 충분히 있으니 포기하지 말고 오늘부터 목표를 세워 도전해 볼 것을 강력하게 권합니다. 구체적인 계획과 확고한 신념 그리고 실천, 이 세 가지면 얼마든지 남은 2학기를 보람차게 보낼 것입니다.

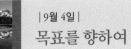

목표를 향하여

희망을 가지고 목표를 세워 노력을 하면 반드시 이루어 집니다. 다음 이야기를 천천히 읽어 보세요.

고등학교 2학년 때 내 몸무게는 82kg이었다. 1학년이었던 동생 데이비드는 약간 부풀려서 45kg이 나갔다. 겨우 한 살 차이였지만 몸집은 두 배나 차이가 났다. 하지만 데이비드는 산과도 같은 강건한 정신의 소유자였고, 자신이 원하는 일을 이루기 위해서는 믿지 못할 일들을 해냈다. 다음은 데이비드의 이야기이다.

나는 프로보 고등학교에 들어가서 1학년 축구 팀에 입회 신청을 했을 때를 잊지 못한다. 158cm에 41kg. 나는 '45kg짜리 약골' 보다도 더 작았다. 내게 맞는 풋볼 장비는 하나도 없었다. 팀에서 가장 작은 헬멧을 받았지만, 그것도 커서 양쪽에 귀 보호대를 3개씩 더 붙여야 했다. 그래서 내 모습은 흡사 머리에 풍선을 단 모기 같았다.

나는 풋볼 연습이 두려웠다. 특히 2학년과 머리를 부딪쳐야 할 때는 더욱 그랬다. 우리는 1학년과 2학년이 약 1m 정도 간격을 두고 일렬로 늘어서 있다가 코치가 호루라기를 불면 다음 호루라기 소리가 날 때까지 상대와 힘껏 부딪쳐야 했다. 난 내 차례가 언제가 될지 우리 편 선수들을 세어 보고, 또 나를 날려 버릴 반대편의 덩치 큰 2학년 선수들의 수를 세어 보았다. 제일 크고 잔인한 선수가 항상 나를 상대하는 것 같았다. '이젠 죽었다'라는 생각이 매번 들었다. 나는 줄을 서서 호루라기 소리를 기다리다가, 눈 깜짝할 순간에 하늘 위로 튕겨 올라가고 있는 자신을 보면 비참한 기분이 들었다.

그해 겨울 나는 레슬링 팀에 지원했다. 나는 45kg 급에서 경기를 했다. 배가 터지도록 먹고, 옷을 다 껴입고 쟀는데도 45kg이 나가지 않았다. 그때 레슬링을 하기 위해 살을 뺄 필요가 없는 선수는 나밖에 없었다. 형은 풋볼과 달리 레슬링에서는 몸무게가 비슷한 상대와 겨루게 돼 있으니까 잘 선택한 것이라고 나를 격려했다. 하지만 결론만 말해, 나는 거의 모든 경기에서 졌다.

41kg 몸무게를 가지고 내가 도전한 운동은 여기에서 그치지 않는다. 봄에는 육상 경기에도 도전했다. 안타깝게도 나는 팀에서 가장 느린 선수 중 한 명이었다. '놀랄 일도 아니지, 연필만큼 가는 내 다리를 보고 나면.' 이런 생각을 하면 한숨이 절로 나왔다. 트랙을 열심히 돌고 난 어느 날, 나는 도저히 참을 수 없었다. '이제 끝났어. 지겨워, 이제.'

그날 밤 나는 방에 홀로 앉아 고등학교 시절에 성취하고 싶은 목표를 써 내려갔다. 운동을 잘하기 위해서는 우선 크고 강해야 한다는 것을 알고 있었으므로, 이 부분에 대해 목표를 세웠다. 4학년이 될 때까지 180cm에 80kg의 몸을 만들고, 115kg의 무게를 들어 올린다. 그리고 대학 풋볼 팀의 주전 와이드 리시버(냅다 뛰어 쿼터백이 던진 패스를 받는 선수―역주)가 되고, 육상에서는 단거리고 장거리고 가리지 않기로 했다. 나는 또 풋볼이나 육상 팀 모두에서 주장이 되는 모습을 그려 보았다. 꿈 같은 소리라고? 그러나 그때 나는 현실을 냉철하게 바라보고 있었다. 나는 기껏해야 40kg이 조금 넘었다. 하지만 1학년 때부터 4학년 때까지 이 계획을 충실히 지켜 나갔다.

어떻게 했는가 하면, 우선 체중을 불리기 위해 위장은 절대로 비우지 않는다는 원칙을 세웠다. 그래서 나는 끊임없이 먹어 댔다. 나는 하루 여덟 끼를 먹는 것을 기본으로 했다. 아침, 점심, 저녁은 나의 여덟 끼니 중 겨우 세 끼니에 지나지 않았다. 나는 또 학교 풋볼 팀 주전 라인백커(몸집이 큰 수비수―역주)였던 캐리와 계약을 맺었다. 내가 그의 수학 숙제를 도와주고 그는 나의 체중을 늘려 준다는 조건으로 매일 함께 점심을 먹었다. 그는 키가 185cm, 몸무게는 110kg이었다. 나는 그와 똑같이 먹기로 했고 매일 점심은 2인분을 먹고 우유 3팩, 롤빵 4개를 먹었다. 우리가 함께 다니는 모습은 정말 우스꽝스러웠을 것이다. 캐리와 나는 체중 증가용으로 단백질이 함유된 분말도 먹었다. 이 가루를 매번 우유에 타서 먹었는데, 맛이 얼마나 고약한지 거의 토할 지경이었다.

2학년 때는 나만큼 몸을 키우길 바라는 친구 에디와 전략을 짰다. 그는 내 음식 리스트에 한 가지를 더했다. 매일 밤 자기 전에 피넛 버터 10스푼에 우유 3잔, 우리는 매주 1kg씩 늘리기로 했다. 이 목표치를 채우지 못하는 날에는 물이라도 마셔 보충하기로 했다.

나의 이 같은 노력에 주위 사람들도 여러모로 정보를 제공해 주었다. 엄마는 신문에서 어떤 기사를 읽고 하루 10시간 어두운 방에서 자고 매일 우유를 3잔씩 먹으면 유전적인 성장량보다 3~6cm는 더 큰다고 말해 주었다. 그대로 따라해 보기로 했다. 180cm를 목표로 세웠으니 아버지의 키인 165cm 정도밖에 자라지 않는다면 낭패였다. 아버지께서는 내가 집에서 제일 어두운 방을 쓰도록 허락하셨다. 집에서 가장 어둡긴 했지만 방에 빛 한 줄기도 들어오지 못하도록 창문과 문틈에 수건까지 끼워 넣었다.

다음으로 자는 시간을 정했다. 저녁 8시 45분에 자고 아침 7시 15분에 일어나기로 한 것이다. 이렇게 해서 10시간 반을 자게 되었고 마실 수 있는 만큼의 우유를 마셨다. 또한 웨이트 트레이닝, 달리기, 풋볼 캐치 연습을 시작했다. 매일 적어도 2시간은 했다.

에디와 내가 웨이트 룸에서 운동을 할 때 가장 큰 사이즈의 티셔츠를 확인해 두었다. 언젠가 우리가 그걸 입게 될 테니까.

역기를 들 때는 겨우 겨우 35kg을 한두 번 들어 올릴 정도였다. 그러나 몇 달이 지나자 결과가 서서히 나타나기 시작했다. 비록 적고 천천히 나왔지만 결과는 결과다. 나는 2학년이 될 때까지 키가 5피트 5인치, 몸무게가 120파운드에 이르렀다. 키가 8cm 크고 몸무게가 14kg 불어난 것이다.

힘도 훨씬 세졌다. 41kg이던 시절 가끔씩 나는 세상이 모두 나의 적인 것 같고 나만 외따로 떨어진 기분이었다. 사람들이 "넌 어떻게 이렇게 말랐니? 왜 좀더 먹지 않고?"라고 말할 때가 가장 싫었다. 그럴 때마다 이렇게 고함 치고 싶었다.

"이 바보야, 그래서 내가 어떻게 하고 있는지 안 보이니?"

3학년이 끝나기 전에는 5피트 6인치에 145파운드가 되었다. 나는 체중 늘리기, 달리기, 웨이트, 기술 연마를 긴장을 늦추지 않고 꾸준히 했다. 한 번을 달려도 절대 빈둥거리지 않았다. 아플 때도 연습은 했다. 이런 노력이 어느 순간 진정한 효력을 보이기 시작했다. 나는 정말 몰라보게 덩치가 커지고 성장 속도도 점점 빨라졌다. 너무 빨리 자라고 살이 쪄서 마치 곰한테 찢긴 것처럼 가슴에 살 튼 흔적이 났다.

프로보 고등학교 4학년이 되었을 때 목표치만큼 키가 자랐고 몸무게는 단지 2kg이 모자랐다. 마침내 나는 대학교 풋볼 팀의 주전 와이드 리시버가 되었고 팀의 주장도 되었다. 육상에서는 더 많은 목표를 성취했다. 팀의 주장이 되었고, 실력면에서도 팀에서 가장 빨랐으며, 전국에서도 제일 빠른 축에 속했다. 그해 말에는 몸무게가 180파운드가 되었고 255파운드를 들어 올릴 수 있었다. 여학생들의 인기 투표에서 '최고의 몸' 상을 수상했다. 나는 무엇보다도 그 상을 매우 사랑한다.

해냈다. 정말 해낸 것이다. 몇 년 전 내 방에서 세운 목표 대부분을 성취해 낸 것이다. 나폴레온 힐의 말처럼, 마음으로 품고 믿을 수 있는 것은 손으로도 쥘 수 있다.

남들이 보기에 불가능해 보였던 일들이 노력이라는 두 글자 앞에서 가능으로 바뀐 일들은 매우 많습니다. 새 학기엔 여러분이 주인공이 될 차례입니다. 아직 포기할 때가 아닙니다. 조금만 더 참고 희망을 가지고 최선을 다하기를 부탁드립니다.

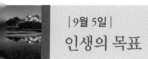

인생의 목표

목표를 성취해 냈을 때의 감격을 경험해 본 적이 있습니까? 그런 감격의 드라마는 특히 운동 선수들에게 많은 것 같습니다.

여덟 살짜리 한 소년이 엄마와 그가 만나는 모든 사람들에게 이렇게 말했답니다. "나는 이 세상에서 제일 위대한 야구 포수가 될 거예요." 사람들은 이 아이를 비웃으며 말했습니다. "웃기지 말고 꿈 깨라, 이 꼬마야." 그의 엄마도 조용히 그에게 타일렀지요. "너는 이제 여덟 살이란다. 이루지 못할 꿈을 꿀 때가 아니야." 아무도 자신의 말을 믿지 않고 불가능한 꿈이라고 했지만 그 소년은 자신의 꿈을 꺾지 않았습니다.

소년이 고등학교 졸업식에서 졸업장을 받으러 나아갈 때 교장 선생님이 그를 세우고 물었습니다. "자니, 네가 원하는 것이 무엇인지 여기 모인 사람들한테 말해 보렴." 그러자 그는 한껏 미소를 띠고 어깨를 쫙 펴며 말했습니다. "나는 세상에서 제일 위대한 포수가 될 겁니다." 그 자리에 참석했던 사람들이 간신히 웃음을 참으며 낄낄대는 소리가 여기저기에서 들려왔지요.

이로부터 역사의 한 페이지가 만들어졌습니다. 뉴욕 양키스 팀 매니저 캐세이 스텐젤은 어떤 인터뷰에서 다음과 같이 말했지요. "자니 벤치는 야구가 생긴 이래 가장 위대한 포수입니다!"

이 이야기가 왜 감동적인가요? 이미 여덟 살 때 자니 벤치는 인생의 목표를 세웠습니다. 그는 야구 선수 시절에 최고 선수로 상을 두 번이나 받았지요. 처음에는 단지 꿈이었지만 꿈을 현실로 이루어 낸 것입니다. 사람들에게 꿈이 뭐냐고 물으면 확실히 답할 수 있는 사람은 통계상으로 5%도 되지 않습니다. 나머지는 삶의 조류에 휘말려 끊임없이 떠내려가고 있을 뿐이지요. 여러분은 인생의 방향을 잡고 있습니까? 목표를 정하는 것은 인생에서 가장 중요한 일입니다. 모든 일을 성취하는 시작은 바로 목표를 세우는 것부터입니다! 목표가 확실한 사람은 어려운 고난을 만나도 헤쳐 나가며 불가능해 보이는 상황에서도 목표를 이루어 냅니다.

이 책을 쓰는 가장 큰 목적 중의 하나가 귀한 여러분들이 뜻을 정하여 자신의 꿈을 아름답게 이루어 가는 데 도움을 주기 위해서입니다. 큰 희망과 꿈을 향해 힘들어도 조금만 더 인내하며 남은 시간을 비옥하게 가꾸기를 바랍니다.

탐욕과 뇌물

탐욕은 지혜로운 사람을 어리석게 만들고 뇌물은 사람의 마음을
부패하게 한다.

「전도서」 7 : 7

욕심이란 단어를 사전에서 찾아보면 '무엇을 하고자 하는
마음'이라고 돼 있습니다. 그러니 사전적 의미의 욕심은 나쁘
지 않습니다. 인간을 망치는 것이 아닙니다. 그러나 지나친 욕
심은 당연히 해가 될 수 있습니다. 인간이 욕심을 내면 끝이
없습니다. 욕심은 점점 커지기 마련이고 한쪽으로 치우치기
쉽습니다. 욕심을 극복하는 것은 인간의 한계를 극복하는 것
과 같이 어려운 일입니다. 공부에 대한 욕심, 몸짱, 얼짱이 되
고 싶은 욕심. 우리들 각자에게는 저마다 다양한 욕구가 있고
욕심이 있습니다. 욕심에도 우선순위가 있답니다. 그리고 아
무리 지나쳐도 지나치지 않는 욕심도 있습니다. 불어나면 불
어날수록 좋은 욕심이 있지요. 바로 맘짱이 되고픈 욕심이랍
니다. 마음이 건강하고 아름다운 것을 욕심 내세요. 그리고 그
것을 위해 노력하십시오. 그것에 욕심을 부리면 부릴수록 여
러분의 삶이 더욱더 풍요로워지고 여유로워질 것입니다.

인내심

그는 겨우 열여덟 살이었는데 일자리를 애타게 구하고 있었습니다. 그러던 차에 보스턴 신문에 실린 다음과 같은 광고를 읽게 되었습니다.

'주식 중개를 배울 젊은이 구함. 주소 -매사추세츠 주 보스턴 시 사서함 1720호.'

그는 자신이 그 직업에 관심이 많음을 강조하며 세심하게 작성한 이력서를 위의 주소로 보냈습니다. 하지만 답장이 오질 않았지요. 편지를 다시 보냈지만 마찬가지로 묵묵부답이었습니다. 세 번째 편지에도 여전히 소식은 없었습니다.

그의 다음 실행 계획은 위의 주소지가 있는 보스턴의 중앙 우체국을 찾아가는 것이었습니다. 그는 사서함 1720호의 주인 이름을 알려 달라고 했지만 우체국 직원은 알려 줄 수 없다고 했습니다. 그러자 그는 우체국장과 면담하게 해 달라고 요청했지요. 그러나 직원은 매우 사무적인 말투로 우체국장을 만날 수도 없으며 우편함 주인의 이름도 알려 줄 수 없다는 것이었습니다. 그들은 개인 정보를 알려 주는 일을 금지하고 있었기 때문이지요.

'그러면 이제 어떻게 할까?' 하고 생각하고 있을 때 한 가지 묘안이 떠올랐습니다. 그는 자명종을 새벽 4시에 맞추고 아침 일찍 일어나 도시락을 챙겨 보스턴으로 가는 새벽 기차에 몸을 실었습니다. 그는 그 우체국에 오전 6시 15분에 도착했고 1720호 우편함 근처에 자리를 잡고 지켜보았지요. 그렇게 조금 지나자 어떤 남자가 와서 우편함의 문을 열고 안에 있는 내용물들을 수거해 갔습니다. 젊은이는 그가 눈치 채지 못하게 뒤를 따라갔습니다. 도착한 곳은 그 주식 중개 회사였습니다. 젊은이는 안으로 들어가서 관리인을 만나게 해 달라고 요청했지요.

이 젊은이는 관리인을 만나 자신이 세 번이나 우편으로 구직 신청을 했지만 답을 받지 못했고, 그래서 우체국까지 와서 끝까지 사서함 주인의 이름을 알아내려 했다고 말했습니다. 그가 말을 다 마치기도 전에 관리인이 얘기를 가로막으며 "그렇다면 광고만 가지고 어떻게 여기가 그 회사라는 것을 알게 되었지요?"라고 물었습니다. 이 끈기 있는 젊은이는 이렇게 대답했지요.

"저는 우체국 로비의 사서함 1720호 근처에서 여러 시간 동안 서 있다가 귀사의 직원이 우편물을 수거하러 왔을 때, 그 사람을 뒤쫓아서 여기까지 오게 된 것입니다."

관리인은 웃으면서 말했습니다. "당신이야말로 바로 우리가 찾고 있던 인내력을 갖춘 사람입니다. 게다가 혁신적이기까지 하군요. 우리 회사에 잘 오셨어요. 지금부터 당신은 우리 회사 직원입니다!"

인내심은 상을 받을 만합니다. 인생에서 추구할 가치가 있는 것들은 모두 인내를 요구하지요. 인내란 목표를 세우고 달성할 때까지 계속해서 추구하는 것을 말합니다. 우리 모두 인내심을 갖도록 합시다! 2학기를 보람되고 알차게 보내기 위해 가장 필요한 것은 다름 아닌 인내심입니다. 진정한 리더가 되기 위해서 가장 필요한 덕목 역시 오래 참음입니다. 이 첫 번째 덕목을 훈련하지 않고서는 다른 덕목을 기른다는 것은 사상누각이라고나 할까요?

오늘 하루 인내심을 기르는 실전 훈련이 또 시작됩니다. 회피하지 마시고 정정당당하게 최선을 다하십시오.

입을 다스려라

터키 남쪽에 있는 토루스 산맥에는 두루미들이 많이 살고 있는데, 이들이 꽥꽥거리는 소리는 유난히 크고 시끄럽다고 합니다. 특히 이 두루미들은 하늘을 날 때 더 큰 소리로 우는데, 이로 인해 많은 두루미들이 독수리에게 잡아 먹힌다고 합니다. 때문에 경험이 많아 노련해진 두루미들은 날기 전에 입에 자갈을 문다고 합니다. 자갈을 입에 물면 큰 소리를 내기 힘들기 때문입니다.

우리에게도 노련해진 두루미와 같은 지혜가 필요합니다. 우리는 말에 대해 쉽게 생각하는 경향이 있습니다. 그러나 인간관계가 틀어지는 대부분의 원인은 말에 있으며, 말이 주는 상처처럼 오래가는 것도 없습니다.

저는 여러분이 말로써 다른 사람에게 상처를 주지 않도록 한 번 더 생각하고 말하는 습관을 들이길 바랍니다. 진실성이 결여된 아첨하는 말은 더욱이 하지 마십시오. 오늘 하루 내가 어떤 말을 하는지 가만히 살펴보십시오. 진심에서 나오는 말이 아니고는 사람의 마음을 움직일 수 없습니다. 맑은 양심에서 나오는 말이 아니고는 다른 사람의 양심 또한 꿰뚫을 수 없습니다. 이 말을 꼭 마음속에 간직하고 행동하십시오.

| 9월 9일 |
포기하기에는 너무 이르다

거만한 자를 바로잡으려다가 오히려 모욕을 당하고 악한 자를 책망하려다가 오히려 약점만 잡힌다. 거만한 사람을 책망하지 말라. 그가 너를 미워할 것이다. 너는 오히려 지혜 있는 자를 책망하라. 그러면 그가 너를 사랑할 것이다. 지혜 있는 자를 가르쳐라. 그러면 그가 더욱 지혜로워질 것이다. 의로운 사람을 가르쳐라. 그의 학식이 더할 것이다.

「잠언」 9 : 7~9

9월이 되면 학생들은 새로운 각오와 희망으로 새 학기를 시작합니다. 그러나 학교 수업이 시작된 지 일주일만 지나면 그중에 절반 정도는 벌써 좌절을 느끼게 됩니다. 일주일 정도 생활하다 보면 방학 전에는 나와 실력이 비슷했던 친구들이 나보다 실력이 많이 쌓였음을 알게 됩니다. 상대적으로 위축되고 자신감을 잃어 나의 각오와 희망도 점점 현실 가능성이 없다는 생각이 들기도 합니다. '방학 때 나도 열심히 할걸. 이렇게 실력 차이가 생길 줄은 몰랐는데. 어쩌지….' 그런 생각이 자꾸 꼬리에 꼬리를 물게 되면 어느새 새 학기 각오와 결심 그리고 희망은 점점 약해지기 시작합니다. "에이, 어차피 이렇게 된 거 지금부터 열심히 해 봤자 방학 때 열심히 한 것을 따라갈 수 있겠어? 이미 난 늦었어." 혹시 벌써 이런 생각을 하고 있지 않습니까?

조금씩 자포자기하고 자기 연민에 빠지다 보면 시간은 걷잡을 수 없이 빠르게 지나갑니다. 그러면 불안감은 깊어만 가고 마음의 여유는 사라집니다. 이 글을 읽는 가운데 그런 청소년들이 있다면 꼭 말하고 싶습니다. 믿어도 좋습니다. 아직 역전의 기회는 많습니다. 인생에서 실수나 실패가 있겠지만 역전의 기회는 누구에게나 찾아온답니다. 누누이 말했지만 포기하는 것만큼 어리석은 일은 없습니다. 좌절과 실패를 두려워하면 아무것도 할 수 없습니다.

여름방학, 열심히 성실히 보내지 못했나요? 만약 그렇다면 솔직히 그것을 인정한 후에 지나간 것은 잊으십시오. 남은 시간 동안 주어진 역전의 기회들에 최선을 다하십시오. 그러면 역전할 수 있고 만회할 수 있답니다. 제 이야기를 한 귀로 듣고 한 귀로 흘리지 마세요. 여러분은 거만한 사람이 아니라 지혜로운 사람입니다. 저의 충고와 조언을 귀담아듣기 바랍니다.

학문의 성취

학문에 종사하는 자가 천만이나 되지만 학문을 성취하는 자는 대
단히 드물다. 학문의 성취는 무엇을 기준으로 삼을 것인가? 하늘
과 사람의 큰 도를 분명히 이해하여 자기 몸에 실천하고 후학을
위해 길을 열어 주는 것, 이것이 바로 그 기준이다.

최한기崔漢綺

어려서부터 유교적인 집안에서 자라난 저에게 유학은 아
주 친숙합니다. 특히 할아버지의 영향을 많이 받았습니다. 대
학에 들어가서 금장태 교수님을 만나면서 저는 한국의 유학자
들에 대해 애착과 존경을 가지게 되었습니다. 후학으로서, 한
분 한 분의 글을 읽으면서, 여러 가지를 생각하고 배우는 동기
가 되었습니다. 무엇보다 학문을 하는 의미에 대하여 참 많이
배울 수 있었습니다. 치열하게 자신의 학문을 이루기 위해 몸
부림치는 학자들의 고뇌를 보면서 '공부란 이런 거구나' 하는
생각이 들었습니다. 매일 동트기 전 새벽에 일어나서 더 높고
깊은 학문을 쌓기 위해 정진하는 학자들의 삶은 저에게 큰 깨
달음이 되었습니다.

10년 넘게 공부방 학생들을 가르치면서 인재 양성의 참뜻에 대하여 조금씩 알아 가는 것 같습니다. 한 명의 인생이 누구를 만나 어떻게 배우느냐에 따라 달라질 수 있단 것도 알게 됩니다. 요즘 저는 새 핸드폰이 생겼습니다. 공부방의 제자 한 명이 올해 대학에 들어갔는데 열심히 아르바이트를 해서 스승의 날 선물로 저의 오래된 핸드폰을 바꾸어 주었습니다.

"선생님! 그렇게 낡은 핸드폰은 요즘 아무도 안 가지고 다녀요."

몸이 아프면서도 공부방을 그만둘 수 없는 이유가 바로 이런 사제 간의 정 때문이 아닐까 싶습니다. 저에게 학문의 성취란 최한기 선생님의 말씀처럼 좋은 인재를 양성하는 것입니다. 마음이 따뜻하고 탁월한 실력을 겸비한 진정한 리더를 양성하는 것입니다.

사랑하는 후배들, 공부를 하는 것이 쉬운 일만은 아닙니다. 때로는 힘들어서 좌절하고 그만두고 싶을 때도 있습니다. 하지만 '한 번 더 참자. 한 번만 더 참자. 조금만 더 참자.' 이렇게 마음관리를 하다 보면 조금씩 공부가 친숙해지기 시작합니다. 큰 꿈과 희망을 가지고 조금 더 높이 날고 멀리 바라보기를 당부합니다.

새 학기를 시작한 지 보름이 지나갑니다. 날씨도 차츰차츰 서늘해지고 있네요. 오늘부터 뜻을 정해 중간고사 준비를 하십시오. 방학 때 미리미리 2학기 준비를 하지 못한 친구들은 남들보다 일주일 정도 일찍 중간고사를 대비하는 것도 좋은 방법입니다. 열심히 공부하고, 열심히 놀고, 열심히 사세요. 뭐든지 뜻을 정해 열심히 하는 귀한 후배들이 되기 바랍니다.

|9월 11일|
잠잠히 들어라

여러 해 전에 얼음 창고를 작동시키던 어떤 사람이 마룻바닥에 있는 톱밥 속에 자신의 값진 시계를 그만 잃어버렸다. 그는 시계를 찾아 주는 사람에게 상금을 주겠다고 했다. 많은 사람들이 갈퀴로 톱밥 속을 휘저어 보았으나 그 비싼 시계를 찾을 수 없었다.

그들이 모두 점심을 먹으러 나가고 없을 때 한 소년이 들어오더니 잠시 후에 시계를 톱밥 속에서 찾아서 가지고 나왔다. 사람들이 어떻게 그것을 찾았느냐고 묻자 그 소년은 이렇게 대답했다.

"그냥 톱밥 속에 들어가서 똑딱똑딱하는 소리가 들릴 때까지 가만히 누워 있었죠, 뭐!"

우리는 너무 시끄럽고 바쁜 사회에서 살고 있습니다. 우리들은 시계보다 더 소중한 것들을 이 소란한 세상 속에서 잃어버리고 살고 있지는 않나요? 너무 어수선하고 분주하기에 무엇을 잃어버렸는지조차 모를 때도 있습니다. 잃어버린 것을 찾으려고 둘러보고 돌아보는 사이에 남들은 벌써 저 앞에 가고 있을 것만 같아 조바심이 나기도 합니다. 그러나 조용히 우리 삶을 돌아볼 필요가 있습니다. 맹목적으로 나아가는 것만이 능사가 아닙니다.

여러분은 새 학기의 분주함 속에서 소중한 것들을 잃어버리지 않았는지요? 부디 마음관리 시간을 통해 살펴보세요. 나보다 어렵고 힘든 친구들의 신음 소리에 귀 기울여 보세요. 조용히 둘러보고 집중하면 그 소리가 분명 들릴 것입니다. 소리가 들리면 외면하지 말고 여러분이 할 수 있는 만큼 도와주세요. 그럴 때 세상이 더욱 밝아집니다. 여러분들이 21세기 진정한 리더로 더욱 성장하게 될 것입니다. 그런 과정을 거치면서 리더가 되는 것입니다. 하루아침에 존경받는 리더가 되는 것이 아닙니다.

사랑하는 귀한 후배들. 오늘 하루도 힘내세요. 사랑합니다.

급하게 노를 말하지 말라

성급하게 화를 내지 말라. 그것은 바보들이나 하는 짓이다.

「전도서」7 : 9

청소년 시절은 감정의 기복이 매우 큰 시기입니다. 순간 기분이 좋다가도 순간 침울해지기도 합니다. 즐겁다가도 금세 화가 머리끝까지 나기도 합니다. 짧은 인생이었지만 한번 돌아보세요. 성급하게 화를 내서 일을 그르치거나 인간관계가 깨진 적이 많을 것입니다.

'아! 그때 내가 조금만 더 참고 욱하고 화내지 않았더라면….' 이런 생각을 누구나 하게 됩니다.

그러나 흘러간 시간은 돌아오지 않습니다. 과거의 잘못과 실수에 더 이상 얽매이지 마십시오. 여러분에게는 남은 시간이 더욱 많습니다. 화를 참는다는 것은 힘든 일입니다. 그렇지만 충분한 가치가 있는 일입니다. 우리 모두 다시 한 번 뜻을 정해 분발하도록 하죠.

|9월 13일|
신중한 선택

친구와 마찬가지로 당신이 읽는 책도 신중히 선택하라고 했습니다. 왜냐하면 책도 친구처럼 나의 됨됨이에 많은 영향을 미치기 때문입니다.

요즘 여러분은 어떤 책을 읽고 있나요? 제가 『다니엘 3년 150주 주단위 내신관리 학습법』에서 말한 대로 책을 읽고 있나요? 읽을 때는 재미있지만 일주일도 안 돼 줄거리도 기억나지 않는 책도 있습니다. 아무런 인상도 남기지 않는 책들이지요. 어떤 책을 보느냐에 따라 그 사람의 인생도 달라질 수 있습니다.

독서의 계절, 가을이 성큼성큼 다가오고 있습니다. 서점에 가니 다양한 책들이 많이 나와 있더군요. 자신이 읽을 책을 신중하게 선택하여 내면의 정원을 더욱 풍요롭게 가꾸세요.

미美 대학교수로 임용된 지방대 시간 강사

지방 대학에서 학위를 받고 시간 강사로 활동했던 여성이 미국 대학교수로 임용돼 눈길을 끌고 있다. 화제의 주인공은 1997년 충남대 의류학과에서 「의류 제품 경험과 지식이 정보 처리 과정과 구매 성과에 미치는 영향」이라는 논문으로 박사 학위를 받은 김은영씨(38세)이다. 김씨는 미국 노스텍사스대 조교수로 임용돼 다음 달부터 학부 과정의 「국제 소비자론」과 대학원 과정의 「글로벌 머천다이징」 과목을 맡을 예정이다.

충북대에서 학사와 석사 학위를, 충남대에서 박사 학위를 받은 김씨가 국내도 아닌 미국 대학의 교수가 된 것은 끊임없 이 자신을 채찍질한 덕분이다. 박사 학위 취득 후 시간 강사 로 대전 지역 대학들을 돌며 강의하던 김씨는 자신의 실력이 자꾸만 소진되고 있다는 위기의식을 느끼자 새로운 연구 방법 을 배우기 위해 2001년 미국으로 건너가 노스텍사스대에서 '포스트 닥터' 과정을 밟기 시작했다.

국내 대학이 교수 임용 조건으로 외국 논문 실적을 요구하 는 추세도 김씨의 결심을 굳혔다. 미국에 머문 3년 동안 현지 교수들과 다양한 연구 활동에 참여해 국제 학술지에 7편의 논문을 게재하고 국제 학술회의에서 12편의 논문을 발표하는 등 차분하게 실적을 쌓았다. 올 2월 '포스트 닥터' 과정을 마친 그가 귀국을 준비하던 중 노스텍사스대에서 교수 초빙 공고가 났고 그동안 김씨를 눈여겨 본 현지 교수들의 적극적인 권유에 힘입어 지원서를 제출, 10여 명의 경쟁자를 제치고 조교수 자리를 차지했다.

김씨는 "한국이라는 작은 나라, 그것도 지방대에서 학위를 받은 내가 뽑히리라고는 생각지도 않았다"며 "3년 동안 다양한 연구방법론과 통계 기법을 동원하며 노력하는 모습을 교수들이 잘 봐준 것 같다"고 말했다. 그는 이어 "지방대를 나왔더라도 넓은 세계를 향해 계속 도전하면 언젠가는 그 세계를 손에 쥘 수 있다는 자신감을 후배들이 가져 줬으면 한다"고 덧붙였다.

2004년 8월 19일자 연합뉴스(대전) 정윤덕 기자

명문 대학에 가지 않아도 꿈을 포기하지 않고 최선을 다하면 얼마든지 좋은 결과가 나올 수 있습니다. 많은 학생들이 자신이 원하는 대학, 학과에 못 가면 인생의 낙오자가 된 것처럼 괴로워합니다. 심지어는 그것을 이겨 내지 못하고 괴로운 나머지 자살을 하기도 합니다.

중·고등학교 시절 남들보다 공부에 소홀히 해서 원하는 대학에 못 갈 수 있습니다. 나름대로 열심히 했지만 원하는 결과가 나오지 않을 수도 있습니다. 하지만 원하는 학과에 가서 지금부터 처음 시작한다는 마음으로 열심히 노력하면 얼마든지 자신의 분야에서 성공할 수 있습니다.

중요한 것은 꿈을 포기하지 않는 것입니다. 끝까지 자신의 꿈과 희망을 이루기 위해 나아가는 것입니다. 새 학기도 두 주가 지나고 있습니다. 늦었다고 생각해도 아직 포기할 때가 아닙니다. 얼마든지 역전의 가능성이 있습니다. 대학에 가서도 얼마든지 역전할 수 있는 가능성이 많습니다. 중·고등학교 시절, 아무리 학교에서 인정받는 우등생이었더라도 대학에서 안주하면 진정한 리더는 될 수 없습니다.

그러니 포기하지 마세요. 끝까지 최선을 다하는 사람만이 무엇인가를 이룰 수 있답니다. 희망을 바라보며 힘들어도 한 걸음 아니, 반 걸음이라도 나아가십시오. 부탁드립니다.

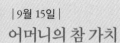
　유명한 금융 분석가인 실비아 포터는 전업 주부들의 노동이 국민 총생산에 포함되지는 않지만 그들이 해마다 국가 경제에 수십 억 달러의 기여를 한다고 주장합니다. 포터는 또 어머니가 가족들을 위하여 봉사하는 것을 값으로 따져 돈을 지불하자면 그것은 제일 부유한 가정에서만 가능한 일일 거라고 말하지요.

　포터는 전업 주부가 가정의 경제에 기여하는 정도를 수치로 나타내기 위하여 베이비 시터, 파출부, 요리사, 설거지하는 사람, 세탁부, 영양사 그리고 간호 조무사에게 지불되는 시간당 수당을 계산해 보았습니다. 포터는 어머니의 가사 노동은 그린스버로에서는 한 가족 당 2만 3,580달러, 사우스캐롤라이나에서는 2만 6,962달러, 시카고에서는 2만 8,735달러의 가치가 있다는 것을 알아냈습니다.

　어떤 면에서는 이 분석이 전업 주부의 위신을 떨어뜨리고 있습니다. 비교적 육체노동에만 초점을 맞추었기 때문이지요. 포터는 코치, 선생님, 실내 장식가, 종교 교육가, 아동 심리학자들이 하는 것과 같이 모든 어머니들이 가정에서 행하고 있는 역할들에 대해서는 고려하지 않았던 것입니다.

포터는 가정 주부들에게 이렇게 얘기합니다.

"정부는 생산성 향상에 대하여 여러분에게 훈장을 주어야 하고, 가족들은 당신에게 감사하고 당신을 소중히 여기는 마음을 가져야 합니다."

진실로 그렇습니다! 집에 있는 어머니야말로 오늘날 그 역할에 비해서 찬양받지 못하고 있는 사람들 가운데 하나인 것입니다. 어머니는 아이들을 양육하면서 가족에게 그 어느 누구도 대신할 수 없는 값비싼 일을 해 줄 뿐만 아니라 사회적으로도 충분히 중요한 존재입니다. 가정에 있는 어머니가 역할을 잘 수행함으로써 우리 경제에 창출해 내는 부가 가치를 생각해 보십시오! 어머니의 사랑으로 튼튼하고 안정적인 가정에서 자라난 사람은 세상에서도 중요한 역할을 하는 사람이 될 수 있답니다.

어머니, 어머니는 누군가가 당신에게 경의를 표하지 않더라도 스스로 경의를 표할 수 있는 권리가 있습니다. 어머니는 가치 있는 분이십니다. 어머니는 주어진 의무보다도 훨씬 많은 것을 우리에게 주고 계십니다. 어머니는 꼭 필요한 존재인 것입니다.

오랜만에 어머니와 아버지께 감사의 쪽지를 드릴 때가 된 것 같군요. 참, 지난번 쪽지는 어땠나요? 드릴 때는 쑥스럽지만 부모님이 정말 흐뭇해하셨겠지요? 오늘 사랑의 쪽지를 적어 어머니와 아버지께 꼭 드리세요.

부모님이 있기에 여러분이 존재한답니다. 부모님께는 여러분이 정성스레 쓴 그 쪽지가 잘 나온 성적표보다 더 값진 선물이 될 것입니다.

유혹을 피하라

제철에 밭을 갈지 않은 게으른 농부는 추수 때가 되어도 얻을 것이 없다.

「잠언」 20 : 4

이제 2학기 중간고사를 보기까지 한 달 정도의 시간이 남았습니다. 본격적인 중간고사 대비 시스템으로 전환해야 할 때입니다. 참 이상한 것은 본격적인 시험 준비를 해야겠다고 생각할수록 공부하기가 더 싫어진다는 점입니다. 그냥 왠지 공부하기 지겹고 시험 보기가 싫어집니다. 왜 그럴까요? 게으름이란 테러리스트는 우리가 무언가를 뜻을 정해 시작하고자 하면 그냥 내버려 두지 않는답니다. 꼭 그런 순간에 맞추어 우리의 의지를 붙잡습니다. 진정한 실력은 게으름의 총공격을 회피하는 것이 아니라 부단한 의지로 뜻을 세워 정면 돌파할 때 생깁니다. 게으름의 유혹을 이기고 공부하기 싫더라도 어금니를 꽉 깨물고 다시 책장을 펼 때 진정한 실력은 쌓이기 시작합니다. 이것을 잊지 마십시오. 한 달간의 중간고사 준비 기간, 마음으로 최선을 다해 준비하십시오.

열정만으로는 부족하다

제임스 돕슨이라는 사람의 이야기입니다. 이것은 자신의 어머니가 들려준 이야기라고 합니다.

그의 어머니는 오클라호마에 있는 작은 마을의 고등학교에 다녔습니다. 이 학교에는 미식축구 팀이 있었는데 실력이 형편없어 거의 이기는 적이 없었습니다. 특히 중요한 경기에서는 번번이 지곤 했지요. 매번 경기에서 큰 점수 차로 패하자 지역 주민들까지 모두 지치고 우울해졌습니다.

마침내 축구 팀이 계속 지는 것을 가만히 볼 수가 없었던 어떤 부유한 석유상은, 라커 룸에서 만난 코치에게 자기가 팀에게 제안을 하나 할 수 있도록 해 줄 수 있는지 물었습니다. 이 제안은 축구 팀 선수들을 혹하게 했지요. 이 축구 팀은 확실히 이제까지 이런 얘기를 들어 본 적이 없었습니다.

석유상의 제안은 만일 다음 경기에서 이기면 자신이 축구 팀의 모든 선수와 코치에게 새 포드 자동차를 한 대씩 사 주겠다는 것이었습니다. 축구 팀이 해야 할 일은 다음 경기, 곧 라이벌과의 경기에서 이기는 일이었습니다. 이것은 격려에 그치는 것이 아니라 선수들의 귀를 솔깃하게 하는 제안이었지요. 생각해 보십시오. 새 포드 자동차라니.

팀은 물론 서로의 등을 두드려 주고 격려도 하며 열심히 노력했습니다. 일주일 동안 그들은 오로지 축구만 했지요. 그리고 잠들었을 때는 터치다운과 포드 자동차 꿈만 꾸었습니다. 이 제안에 대한 소문이 퍼져 나가자 학교는 축제 같은 열기로 들떴습니다. 축구 부원들은 저마다 멋진 자동차에 앞뒤로 여자들을 태우고 드라이브하는 모습을 상상했지요.

드디어 결전의 날이 왔습니다. 선수들은 라커 룸에 모였습니다. 완전히 긴장된 분위기였지요. 그러나 코치는 이길 수 있단 확신을 가지지 못하고, 그의 말은 왠지 점점 힘이 빠지는 것 같았습니다. 하여간 축구 팀은 서둘러 경기장으로 나갔습니다. 그들은 말없이 원을 만들어 손을 맞잡고 "아자!"하고 소리쳤습니다. 그들의 결의에도 불구하고 경기 결과는 38대 0이라는 완패였습니다! 있는 힘과 기력을 다해서 최후의 발악을 하듯 싸웠지만 단 1점도 내지 못했습니다. 일주일간의 연습과 꿈만으로는 훈련, 작전술, 재능, 기질의 부족을 메울 수가 없었던 거지요.

투지 그 자체만으로는 인생의 싸움에서 이기기에 충분하지 않습니다. 우리가 인생을 감정에만 의존한다면 실패할 게 뻔하고 뜬구름 잡는 사람으로만 보일 것입니다. 그러나 인생의 대가를 치르고 노력 후의 만족을 위하여 투지력을 가지고 훈련하고 실천하여 지식과 지혜, 인품과 의지를 쌓는다면 그야말로 금상첨화겠지요.

열정은 위대한 것입니다. 그러나 인생의 싸움에서 이기기 위해서는 열정 이상의 다른 무엇이 필요하답니다. 사랑하는 후배들에게 제가 꼭 하고 싶은 말입니다. 열정만으로 21세기 준비된 리더가 될 수 없습니다. 청소년 시절부터 인내심을 가지고 넓은 마음과 탁월한 실력 두 가지를 기르기 위해 몸부림쳐야 합니다. 진정한 실력은 하루아침에 길러지지 않는다고 누누이 강조하는 바입니다. 하지만 뜻을 정해 묵묵히 노력하는 자에게는 반드시 선물로 찾아옵니다.

이제 2학기 중간고사 준비를 할 시기입니다. 비록 방학을 생각만큼 알차게 못 보냈다 하더라도 한 달간의 시험 준비로 그 부족함을 메울 수 있습니다. 힘내세요. 아직 얼마든지 실력을 기를 수 있습니다. 아직 늦지 않았습니다. 주저앉을 때가 아닙니다. 오늘부터 새롭게 파이팅입니다.

타인의 말

지나치게 타인의 말에 마음을 두지 말라. 사람들이 하는 말을 다 들으려고 하지 말라. 그러다가는 네 종이 너를 저주하는 소리도 듣게 될지 모른다. 너도 다른 사람을 여러 번 저주한 것을 네 자신이 알고 있다.

「전도서」7 : 21∼22

아무리 선한 일을 해도 좋지 않게 보는 사람은 있기 마련입니다. 특히 청소년 시절은 아직 가치관이 불완전한 때인지라 시기, 질투, 험담에 치우치기 쉽습니다. 누가 뭐라 해도 왼쪽, 오른쪽으로 치우치지 말고 처음 정한 뜻을 꾸준히 이루어 나가십시오.

지나치게 주변을 의식하면 오히려 자신감을 잃게 됩니다. 하지만 묵묵히 주어진 일에 충실하고 앞으로 한 걸음 한 걸음 옮기다 보면 나를 향한 좋지 못한 소리들도 사라지게 될 것입니다. 자신이 사심 없이 좋은 일을 행하면 남들도 알게 돼 있답니다. 여러분에게 제가 기대하는 것은 최고가 아닌 최선입니다. 주위의 색안경 낀 시선에 신경 쓰기보다 주관을 가지고 여러분의 꿈을 향해 나아가는 하루가 되십시오.

| 9월 19일 |
참다운 인생 공부

곤란한 환경에 처해 있을 때 참다운 인생을 공부하는 것이다. 그
반면에 좋은 환경에 처하면 마음이 해이해지고 타락하기 쉽다. 주
위에 있는 모든 기쁨이 자신도 알지 못하는 사이에 자신을 망치는
칼과 창이 되어 버린다.

『채근담』

여러분 가운데 아주 힘든 상황에 처한 친구들이 있을 것입
니다. 너무나 힘들고 괴로워서 죽었으면 좋겠다고 흐느끼는
친구들이 있을 것입니다. 저 역시 그런 때가 있습니다. 물론
앞으로도 그런 때가 있을 것입니다. 힘들어서 주저앉아 엉엉
운 때도 많습니다. 잠자리에 들면 '이대로 다시 눈을 뜨지 말
았으면' 하고 생각한 적도 있었습니다. 힘들지만 자신의 문제
를 누구에게 말하기 어려운 상황인 친구들도 있을 것입니다.

결과로 이르는 과정은 너무 힘듭니다. 괴롭습니다. 하지만
언젠가 끝은 있습니다. 마라톤을 생각해 보면 알겠지요? 여러
분이 굳은 의지로 견디어 낸다면 모든 상황이 종료된 후, 전보
다 더 성숙해진 자신을 느끼게 될 것입니다. 진정한 리더는 아
무런 실패 없이 그냥 승승장구한 사람이 아닙니다. 끊임없는

실패와 절망 속에서도 끝까지 꿈과 희망을 포기하지 않았기에 비로소 그 자리에 오르는 것입니다. 눈물을 흘리면서도 다시 시작하고 도전한 사람들입니다. 칠전팔기라는 말도 있습니다. 괴로우면 눈물을 흘리십시오. 실컷 울고 나면 마음이 좀 후련해질 겁니다. 그리고 다시 앞을 향해 나아가십시오. 자신이 겪어 본 만큼 다른 사람들의 상처도 이해할 수 있게 됩니다. 더욱 마음이 따뜻하고 가슴이 넓은 리더가 될 수 있도록 준비하십시오.

|9월 20일|
어린이가 된다는 것은 참 힘든 일이에요

내가 사는 동안 가장 이해하기 힘들었던 일이 하나 있다.

어느 날 아빠가 버린 담배꽁초를 내가 호기심에 좀 피워 물었다고 해서 당신이 나를 때린 기억이다. 그리고 엄마는 내가 엄마한테 배운 말을 사용했다고 해서 나에게 벌을 준다. 내가 기억하기로 부모님은 항상 나에게 거짓말을 하지 말라고 가르치셨는데 지난번에 한 외판원이 오자 엄마는 나에게 현관에 나가서 그에게 엄마가 없다고 말하라고 시키는 것이다.

우리가 자라고 우리 부모님이 작아지면 아마 우리도 '큰 거 짓말'을 할 특권을 누릴 수 있을지 모른다. 알다시피 부모가 된다는 것은 재미있는 일임에 틀림없다. 그러나 그처럼 많은 제약을 받는 어린이가 된다는 것은 결코 쉬운 일이 아니다.

아마 여러분도 이와 유사한 경험이 있을 겁니다. 부모님에 게 때로는 억울하게 혼난 적도 많을 것입니다. 부모님의 이 중적인 모습으로 인하여 괴로워한 적도 있을 겁니다. 인간이 란 존재가 완벽하지 않기에 부모님 역시 자신도 모르게 자식 의 가슴에 못을 박는 잘못을 저지르게 됩니다. 그러나 그게 인간입니다. 그 불완전한 모습이 우리들입니다. 이미 부모님 에게 상처받은 일이 있다면 부디 부모님을 이해하고 용서해 주세요.

십 년 혹은 이십 년 후에 여러분이 부모님이 된다면 같은 실수를 반복하지 않도록 청소년 시절부터 성실하게 마음관리 를 하면 좋겠습니다. 잊지 마세요. 여러분이 부모가 되었을 때 여러분이 자녀들 앞에서 하는 모든 말과 행실은 자녀들의 성 격과 인격 형성에 막대한 영향을 미친다는 사실을요.

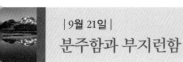

분주함과 부지런함

적당한 휴식을 통해 날을 부지런히 갈라. 도끼를 갈지 않아 날이 무디면 그만큼 힘이 더 든다. 그러므로 도끼 날을 가는 것이 지혜로운 방법이다.

「전도서」 10 : 10

분주함과 부지런함은 분명 다릅니다. 아무리 바빠도 도끼 날을 가는 시간을 지키는 사람은 지혜롭고 부지런한 사람입니다. 바쁘다는 핑계로 도끼 날을 갈 시간이 없다고 말하는 사람은 분주함이라는 어리석음 가운데 사는 사람입니다.

겉으로 볼 때 무척 부지런한 것 같지만 실제로 분주함에 빠진 사람들이 많습니다. 그러다 보면 정작 중요한 것들은 놓치기가 쉽지요.

여러분은 어떤가요? 진정한 리더를 꿈꾸는 여러분 모두가 마음관리를 통하여 분주함의 함정에 빠지지 않기를 바랍니다.

영원히 가질 수 있는 것

영원히 가질 수 있는 것

당신이 죽는 날,
당신이 이 세상에서 가지고 있던 것들은
다른 사람들에게 속한 것이었다는 사실을
발견하게 될 것이다.
당신의 됨됨이만 영원히 당신 것이 될 것이다.

헨리 반 다이크Henry Van Dyke

사람은 죽습니다. 인간은 유한한 존재니까요. 호랑이는 죽어서 가죽을 남기고 인간은 죽어서 이름을 남긴다고 합니다. 좀더 엄밀히 말하면 인격을 남깁니다. 어떤 인격을 남기느냐는 전적으로 자신이 어떻게 살았느냐에 달려 있습니다.

우리는 매일 매일 마음관리 시간을 통해 인격을 훈련하고 있습니다. 새롭게 뜻을 정하고 무뎌진 결심을 새롭게 합시다. 조용히 자신을 돌아보며 나의 인격을 다듬습니다. 부족한 인격을 메우기 위해 독서하며 좋은 친구들과 교제합시다. 공부하기 힘들지만 인내심과 성실과 정직함을 배우기 위해 노력합니다. 마음이 따뜻하고 탁월한 실력을 겸비하기 위해 오늘도 최선을 다하려고 몸부림칩니다. 이 모든 시간들을 통해 여러분의 인격은 더욱 성숙해지고 있습니다. 여러분의 인격이 성숙해지는 만큼 대한민국도 살기 좋은 나라로 바뀔 것입니다.

사랑하는 후배들, 오늘도 큰 꿈과 희망을 품고 힘 있게 하루를 시작하십시오. 실패는 있어도 절대 꿈과 희망을 포기하면 안 됩니다.

|9월 23일|
어떻게 공부할 것인가

나는 몇 년 전부터 독서에 대해 좀 알게 되었다. 책을 그냥 읽기만 한다면 하루에 천백 번을 읽더라도 읽지 않은 것과 매한가지다. 무릇 책을 읽을 때에는 한 글자라도 그 뜻을 분명히 알지 못하는 곳이 있으면 모름지기 널리 고찰하고 자세하게 연구하여 그 글자의 어원語源을 알아야 하며, 그런 다음 그 글자가 사용된 문장을 이 책 저 책에서 뽑는 작업을 날마다 해 나가야 한다. 이와 같이 한다면 한 종류의 책을 읽을 때에 아울러 백 가지의 책을 두루 보게 되며, 읽고 있는 책의 의미를 환하게 꿰뚫을 수 있다.

정약용丁若鏞

새 학기가 시작되었습니다. 새로운 각오로 공부를 하려는 학생들이 많습니다. 그런 분들에게 정약용 선생님의 글을 선물로 드립니다. 여러분이 이 방법대로 영어, 수학, 국어 과목을 공부하게 된다면 반드시 실력이 향상될 것입니다.

공부하기로 작정한 시간이 되면 단지 책상에 앉아 있는 것만으로는 부족합니다. 대충 딴생각하며 앉아 있으면 실력의 진보를 이룰 수 없습니다. 단 30분을 앉아 있더라도 어떻게 앉아 있느냐가 중요합니다. 집중하여 현재 공부하는 책을 보아야 합니다. 잘 이해되지 않는 부분이 있으면 그냥 넘어가지 말고 표시해 두었다가 적어도 다음 날까지는 선생님이나 친구에게 질문을 해결해야 합니다. 끝으로 다산 선생님의 말씀처럼 내가 하는 공부와 기존의 지식을 유기적으로 연결하는 작업이 필요합니다. 실력의 가속도는 바로 이때 붙게 되는 것입니다.

새 학기가 시작한 지도 이십여 일이 지나고 있습니다. 공부한다는 것이 쉬운 일은 아닙니다. 하지만 차근차근 바른 방법으로 노력하다 보면 조금씩 실력은 쌓이게 됩니다. 이제 30일 정도 후면 중간고사가 있습니다. 새 학기 첫 시험입니다. 이 기간 동안 다산 선생님의 공부 방법을 참고하여 좀더 집중해 시험을 준비하기 바랍니다.

양약고구良藥苦口

다음의 글은 『사기』의 「유후세가」에 나오는 한 대목입니다. 천천히 읽어 보세요.

중국 최초의 통일 제국 진秦나라를 건설했던 진시황이 죽자, 천하는 다시 동요하기 시작했습니다. 그간 잔혹한 무력 통치에 시달려 온 민중들이 각지에서 일어나 진나라 타도를 외치기 시작했습니다.

진나라 다음 나라인 한나라를 세운 유방劉邦은 군사를 일으킨 지 3년 만에 경쟁자인 항우項羽보다 한발 앞서 진나라의 서울 함양咸陽에 입성했고, 결국 3살 난 어린 황제의 항복을 받고 왕궁으로 들어갔습니다.

호화찬란한 궁중에는 온갖 재물과 보배가 산더미처럼 쌓여 있었고, 꽃처럼 아름다운 궁녀들이 수없이 많았습니다. 원래 술과 여자를 좋아하던 유방은 마음이 혹하여 그대로 왕궁에 머무르려 했습니다. 그러자 강직한 장수 번쾌가 아뢰었습니다.

"아직 천하는 통일되지 않았습니다. 지금부터가 중요하오니 안전한 곳을 찾아 진을 치도록 하옵소서!"

유방은 옳은 이야기인 줄은 알았지만 눈앞의 안락과 쾌락을 버리기가 아까웠습니다. 그래서 듣지 못한 척했습니다. 그러자 이번에는 유방의 현명한 참모인 장양張良이 나섰습니다.

"당초 진나라는 과도한 폭정으로 천하 백성의 원한을 샀기 때문에, 전하와 저 같은 서민 출신이 이처럼 왕궁에 들어올 수 있었던 것이옵니다. 그런데도 궁에 들어오자마자 재물과 미녀들에게 현혹되신다면 포악한 진시황과 무엇이 다르겠습니까. 원래 '충성스러운 말은 귀에 거슬리나 행실에 이롭고, 몸에 좋은〔良〕 약〔藥〕은 입〔口〕에 쓰나〔苦〕, 병에 이롭다고 하였나이다. 부디 번쾌의 충심 어린 진언을 기꺼이 받아 주시옵소서!"

장양의 말을 들은 유방은 그때서야 마음을 바꾸어 번쾌의 충언대로 왕궁을 떠나 근교에 진을 치고 안전을 도모하였습니다. 그리고 한나라를 세우고 중국을 다시 통일하는 대업을 이루었습니다.

인간은 누구나 자기중심적인 성향이 있습니다. 물론 위선적인 면도 있습니다. 내가 더 잘못하면서도 다른 사람에게는 똑바로 하라고 소리를 버럭 지르는 것이 바로 우리입니다. 위선인 줄 알면서도 반복합니다. 내가 하면 올바른 소리이고 남이 하면 위선이라고 생각합니다.

진정한 리더는 자신이 몸소 실천하지 못하는 것은 남에게 강요하지 않습니다. 아무리 좋은 것이라도 자신이 하지 않으면서 다른 사람에게 충고하는 것은 바른 태도라고 생각하지 않습니다. 남을 판단하고 정죄하는 일은 쉽습니다. 하지만 자신을 먼저 돌아보고 자신의 큰 잘못들을 고치는 일은 어렵습니다. 청소년 시절, 이런 훈련을 조금씩 할 수만 있다면 어른이 된 후, 그의 됨됨이는 다른 사람들과 큰 차이를 나타낼 것입니다.

저는 아침마다 몇 가지 다짐을 해 보는데, 그중의 한 가지는 '내가 먼저 실천하고 남을 탓하기 전에 나를 먼저 돌아보자'는 것입니다. 상대적인 기준으로 우쭐대거나 만족해하지 않고 보다 높은 목적을 위해 살기로 결심합니다. 남들과의 비교에서 오는 만족은 거부한 채 나 자신과의 묵묵한 싸움을 하기로 결정하는 것입니다. 이런 훈련을 계속하면 다른 사람을 판단하고 정죄할 시간이 없을 것입니다. 차라리 그 시간에 자신을 돌아보고, 훈련하는 것이 시간을 보람되게 보내는 방법입니다.

사랑하는 후배들, 여러분이 큰 승부를 내야 할 대상은 타인이 아닙니다. 바로 여러분 자신입니다. 이 승부를 회피하지 말고 정면으로 맞서기를 선배로서 간곡히 부탁드립니다.

|9월 25일|
임기응변

어느 젊은 변호사는 짧은 기간에 많은 업적을 이루어 냈고, 예리한 눈을 가진 변호사로 명성을 쌓아 갔습니다. 그와 맞서는 검사들도 그를 두려워하였지요. 물론 반대로 의뢰인들은 그를 좋아하였습니다. 그가 매 사건마다 승소하는 건 당연한 일이었지요. 이후 그는 법조계 잡지에 글을 쓰기 시작했고, 변호 기법에 대하여 강의해 달라는 요청이 들어오기 시작하였습니다. 그렇게 몇 번의 초청을 받은 뒤 그는 이들 청중들에게 유용한 강의 방식을 개발해 내었답니다.

그는 자신의 운전사와 함께 다녔는데, 이 운전사는 자신이 유명한 변호사와 함께 다닌다는 사실을 자랑스럽게 여겼습니다. 그렇게 똑같은 강좌를 여러 달 듣자 이 경솔한 운전사는 자신이 직접 강의할 수도 있다고 말하였지요. 그래서 그들은 다음번에는 서로의 역할을 바꾸자고 합의했습니다. 변호사는 운전사 복장을 하고 운전사는 변호사 복장을 하고 수많은 변호사들이 기다리고 있는 연설회장으로 들어갔지요. 운전사는 능수능란하게 그의 변호 기법을 설명하였고 자세한 사항을 구체적으로 연설하였습니다. 연설이 끝나자 운전사는 관중들로

부터 열렬한 환호를 받았지요. 그것은 대단한 좌담이었습니다. 그런데 사회자가 나와서 아식 시간이 남았으니 질문이 있는 분은 질문을 해 달라고 요청하였지요.

그러자 어떤 사람이 좌담 중에 언급한 여러 기법 중 하나를 법적 선례와 관련하여 질문을 하였습니다. 순간 운전사 복장을 하고 있던 변호사는 가슴이 철렁 내려앉았습니다. 그는 쉽게 질문을 받아 대답해 줄 수가 있었지만 그 답을 운전사에게 전할 도리가 없었지요. 모든 게 들통나게 생겼습니다.

변호사 복장을 한 운전사는 질문을 한 번 더 해달라고 요청하였습니다. 질문을 한 번 더 들은 후 운전사는 웃음을 지었지요. 그러고는 재치를 발휘하여 그는 다음과 같이 대답하였습니다.

"왜 있지 않습니까?, 그건 아주 간단하고 잘 알려진 선례이며 여러분 모두 잘 아실 겁니다. 아마추어라도 그 정도 대답은 알 겁니다. 그럼 제 말을 증명하기 위하여 내 운전사가 대신 그 답을 하게 하겠습니다."

당혹스런 순간에 어떻게 그런 재치가 나왔을까요? 유비무환에 대한 좋은 교훈 하나를 얻은 셈입니다. 어떤 것은 겉으로 쉬워 보여서 쉽게 모방할 수 있습니다. 그러나 문제가 생기면 바로 경험을 발휘할 수 없습니다. 그것은 바로 실질적인 문제이지요. 그런데 이것은 얼마 지나지 않아 발각될지도 모르니까 너무 임기응변의 지름길만 찾지는 맙시다.

어설픈 리더는 나라를 망치고 이웃을 힘들게 합니다. 하지만 마음과 실력이 고르게 준비된 진정한 리더는 나라를 살리고 이웃을 기쁘게 할 수 있습니다. 진정한 실력을 기르십시오. 공부는 끝까지 참고 도전할 만한 충분한 가치가 있는 일입니다.

중간고사 준비로 무척 힘든 시기입니다. 하지만 그만한 가치가 있답니다. 사랑하는 후배들이 21세기를 변화시킬 수 있는 진정한 리더가 되기를 간절히 바랍니다. 그래서 몸이 아파도 한 문장 한 문장 이 글을 쓰고 있습니다. 이 글을 보는 후배들이 조금이라도 새롭게 동기 부여를 받고 뜻을 정해 시작하기를 소원합니다.

공부하느라 힘들죠? 조금만 더 힘내세요. 고지가 바로 저기입니다.

모든 일이 술술 잘 풀릴 때

늘그막의 질병은 모두가 젊었을 때에 불러들인 것이요, 쇠퇴한 후의 재앙은 모두가 번성했을 때에 지은 것이다. 그러므로 기운이 왕성하고 모든 일이 잘 풀릴 때 더욱 조심해야 한다.

『채근담』

인간의 마음은 참 간사합니다. 누가 조금만 칭찬해 주면 금세 우쭐해지고 온 세상이 내 것인 것처럼 행동합니다. 이럴 때 실수를 해서 낭패를 본 경험이 하나씩은 있을 겁니다. 인생을 살다 보면 이런 일들은 앞으로 계속 반복될 것입니다. 간사한 마음을 잘 다스려서 지금부터 조금씩 줄여 갈 수만 있더라도 인생의 질은 달라질 것입니다.

모든 일이 잘되어 갈 때 항상 더욱 주위를 살피고 겸손함으로 자신을 돌아보길 간곡히 부탁합니다.

매사마골 買死馬骨

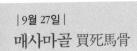

다음의 이야기를 한번 읽어 보세요. 『전국책』의 「연책」에
나오는 이야기입니다.

춘추 시대, 어떤 왕이 천리마千里馬를 구하려고 온갖 노력
을 다 기울였으나, 끝내 얻지 못하고 한탄만 하고 있었습니다.
그러던 어느 날, 어떤 사람이 나타나 천리마를 꼭 구해 바치겠
다고 장담을 하자, 왕은 많은 돈을 주어 보냈습니다. 왕은 그
가 천리마를 사 오기만을 손꼽아 기다렸습니다. 과연 그는 약
속대로 천리마를 구해 왔습니다. 그런데 그 천리마는 살아 있
는 말이 아니라 죽은 말이었습니다. 왕은 버럭 화를 내며 물었
습니다.

"어찌된 일이냐? 천리마가 오는 도중에 죽은 것이냐? 아니면
죽은 말을 사서 가져온 것이냐? 어서 사실대로 말해 보아라."

"처음부터 죽은[死] 말[馬]의 뼈[骨]를 샀습니다[買]. 그
가격은 오백 금입니다."

이 말을 들은 왕은 몹시 화가 났지만 치밀어 오르는 분노를
가라앉히고 되물었습니다.

"왜 죽은 말을 샀느냐?"

"대왕 마마! 천리마는 귀한 말인지라, 그 주인들은 말을 집에 숨겨 놓고 결코 팔려고 하지 않습니다. 그런데 대왕께서 오백 금에 샀다는 소문이 나 보십시오. 그것도 살아 있는 천리마가 아니라 죽은 천리마가 오백 금이라면, 살아 있는 천리마를 가지고 앞을 다투어 달려오지 않겠습니까? 조금만 기다리시면 천리마를 가지고 있는 사람들이 대왕님 앞에 줄을 서게 될 것입니다."

이 소문이 퍼지자 과연 천리마를 가진 사람들이 하나 둘씩 나타났고, 왕은 많은 천리마를 손에 넣을 수 있었습니다.

매사마골買死馬骨은 '귀중한 것을 손에 넣기 위해 먼저 공을 들이는 것'을 비유하는 말입니다. 여러분에게 있어서 귀중한 것은 무엇인지요? 여러분은 그것을 얻기 위해 현재 무엇을 하고 있는지요? 혹시 얻기만 바라고 구체적인 실천을 하지 않고 있지는 않는지요?

많은 친구들이 소중히 여기는 꿈과 목표를 가지고 있습니다. 그런데 그 귀중한 것을 얻기 위해 자신이 마땅히 해야 할 노력에 대하여는 인색한 경우가 많습니다. 만약 지혜로운 어떤 사람이 죽은 천리마를 사기 위해 오백 금이라는 거금을 들이지 않았더라면, 살아 있는 천리마를 가진 주인들은 그들의 천리마를 선뜻 팔려고 하지 않았을 것입니다. 천리마를 가지고 싶었던 왕 역시 천리마를 가지는 것이 무엇보다 중요했기에 죽은 말을 오백 금이라는 거금을 들여 사 온 지혜로운 사람의 의견을 존중했던 것입니다.

우리들의 꿈과 목표와 희망은 천리마보다도 더 값지고 소중한 것들입니다. 그것들을 얻을 수만 있다면 우리는 오백 금보다 더 비싼 대가를 들여서라도 사야 합니다. 여러분들에게는 열정과 패기와 젊음이 있습니다. 그것을 가지고 꿈을 이루기까지 인내하며 부단히 달려가면 됩니다. 오늘 하루 주어진 시간을 비옥하게 가꾸어 나가십시오. 꿈은 현실이 되어 여러분을 찾아올 것입니다.

| 9월 28일 |

성공한 사람들의 열일곱 가지 비결

1. 화를 참으라.
2. 누구에게나 열과 성을 다하라.
3. 자신을 잊고 다른 사람들에게 순수한 관심을 가져라.
4. 공명정대하며 정직하고 친절하라. 그러면 사람들이 당신을 좋아하고 존경할 것이다.

5. 다른 사람들로 하여금 그들 자신이 중요하다고 느끼게 해 줘라.

6. 자신의 장점을 세어 보고 자기 연민을 추방하라.

7. 다른 사람을 대할 때 그 사람 수준에서 대하도록 하라.

8. 미소의 위력을 십분 활용하라.

9. 계속 움직이라.

10. 계속 시도하라.

11. 마음이라는 선물을 주라.

12. 무슨 일을 하든 시작을 잘하라.

13. 실패하더라도 자신을 용서하라.

14. 친절에는 인색하지 말라.

15. 당신의 완력이나 권력 대신 당신의 매력으로 다른 사람들을 압도하라.

16. 약속은 반드시 지켜라.

17. 낙천가가 되라.

인생의 성공은 명문 대학 합격과 졸업에 있지 않습니다. 인생의 성공은 의사, 변호사, 교수라는 직업에 있지 않습니다. 인생의 성공은 돈과 권력과 섹스에 있지 않습니다. 이런 것들을 위해 살지는 마십시오. 이런 것들을 얻기 위해 몸부림칠수록 삶이 고독해집니다. 이런 것들을 얻었다고 삶이 행복해지지 않습니다. 진정한 성공은 삶이 행복해야 합니다.

그러기 위해서 과정에 충실하십시오. 성공하는 사람들의 열일곱 가지 습관을 몸에 익히기 위해 몸부림치는 과정, 그것이 바로 행복입니다. 그 과정 자체가 이미 절반의 성공입니다.

2학기 중간고사 준비로 무척 힘들 겁니다. 힘든 만큼 좋은 결과가 있을 것입니다. 조금만 더 힘을 내세요.

|9월 29일|
좋은 친구의 기준 세 가지

다른 사람의 작은 허물을 꾸짖지 말고, 다른 사람의 비밀을 들추어 내지 말며, 남의 지난날 잘못을 마음에 새겨 두지 마라. 이 세 가지를 실천하면 덕을 기를 수 있고 또 해를 멀리할 수 있다.

『채근담』

새 학기가 시작된 지 거의 한 달이 되어갑니다. 새로운 친구들은 많이 사귀었나요? 여러분들이 생각하는 좋은 친구의 기준은 무엇인가요? 어떤 친구들을 사귀고 싶은지요?

저는 오늘 여러분에게 좋은 친구가 될 수 있는 세 가지 방법을 말씀드리려 합니다. 바로 위에 나온 『채근담』 이야기입니다. 보면 볼수록 고개가 끄덕여지는 말입니다. 이런 친구라면 한평생 사귀어도 부족함이 없을 것 같습니다. 이런 친구를 사귀고 싶다고 생각하기보다 자신이 이런 친구가 되십시오. 그리고 한 가지 꼭 기억해야 할 것은 내가 먼저 좋은 친구로서 남에게 다가갈 때 비로소 좋은 친구를 얻게 된다는 사실입니다.

　오늘도 뜻을 정해 꿈을 향하여 전진하세요.

|9월 30일|

내일 일을 자랑 말라

너는 내일 일을 자랑하지 말라. 하루 동안에 무슨 일이 일어날지 모른다.

「잠언」 27 : 1

　어떤 한 부자가 있었습니다. 그해 농사가 아주 잘되어 곡식 창고에 곡식을 다 넣고도 많이 남았습니다. 그래서 창고를 크게 많이 지었습니다. 그런데 그 동네에는 가난한 사람들이 많았습니다. 그들은 부자에게 찾아와서 먹을 것을 조금이라도 나누어 달라고 부탁을 했습니다. 시간이 걸려도 꼭 갚겠다고 했습니다. 그런데 그 부자는 그들에게 욕을 하며 단번에 거절

했습니다.

그날 저녁을 먹으면서 부자는 곡식이 가득 쌓인 창고를 바라보며 무척 흐뭇했습니다.

"올겨울 내내 맛있는 거 잔뜩 먹으며 매일 잔치를 해야지. 정말 기분 좋구나."

그러나 그날 저녁 부자는 잠을 자다 그만 심장마비로 세상을 떠났습니다. 그 많은 곡식과 재물들, 어느 것 하나 가지고 갈 수 없었습니다.

이것이 인간의 모습입니다. 살아 있는 동안 내일 일을 자랑하지 마십시오. 사람의 일은 한 치 앞도 내다볼 수 없습니다. 다만 오늘 하루 내게 주어진 시간을 최선을 다해 가꾸십시오. 무엇보다 나 혼자 잘 먹고 잘 살겠다는 생각은 버리십시오. 더불어 주변의 이웃도 돌아볼 수 있는 마음의 여유와 함께 따뜻한 마음을 가지십시오.

인생의 행복은 멀리 있지 않습니다. 내가 이웃을 위해 할 수 있는 무엇일까요? 작은 선행이라도 미루지 말고 한 가지라도 꼭 실천해 보십시오. 삶에 여유와 기쁨이 생기게 될 것입니다.

어제와 다른 오늘을 꿈꾼다는 것은 위대한 일입니다.
어제보다 좋아진 오늘을 바라고 소망한다는 것은 장엄한 일입니다.

2부

33가지 상황별
마음관리법 (23-33)

지금 내가 하는 일이 무의미하다고
생각될 때

세 명의 벽돌공이 열심히 일을 하고 있었습니다. 그때 지나가던
어떤 사람이 그들에게 물었습니다. "무슨 일을 그렇게 열심히 하
고 있습니까?" 첫 번째 벽돌공이 퉁명스레 대답했습니다. "보다시
피 난 벽돌을 쌓고 있소이다." 두 번째 벽돌공은 이렇게 대답했습
니다. "나는 벽을 쌓고 있소이다." 그런데 세 번째 벽돌공은 매우
진지하고 자긍심에 찬 눈빛으로 대답했습니다. "나는 지금 성당을
짓고 있습니다."

탈무드

자신이 하는 공부가 무의미하다는 생각이 들 때가 종종 있습
니다. 현재 자신의 실력으로는 어차피 노력해 봤자 원하는 대
학과 학과에 못 간다는 생각이 마음을 지배하기 시작하면 그때
부터 공부할 의욕도 생기지 않고 마음이 겉돌기 시작합니다.
마음을 정해 새롭게 공부하려고 발버둥 치지만 지난 시간을 너
무 게을리 보냈기에 만회하기가 쉽지 않을 수도 있습니다. 어
쩌면 남은 시간 열심히 해도 원하는 대학과 학과에 못 갈 수도
있습니다. 노력은 했지만 때가 늦을 수도 있는 것입니다.

그럴 때 참 맥이 빠집니다. 그런데 참 신기한 것은 끝까지

포기하지 않고 노력한 다음에 떨어지면 어떤 마음이 드는지 아십니까? '그래, 조금 더 일찍 이렇게 열심히 했다면 대학에 합격했을 거야. 그러니 이제부터 차근차근 열심히 노력하면 반드시 해낼 수 있어.' 바로 이런 오기가 생긴답니다. 나도 할 수 있다는 마음이 들게 되는 것입니다.

여러분이 오기가 두둑한 후배들이 되었으면 좋겠습니다. 불가능해 보이지만 그래도 최선을 다해 도전하는 그런 오기가 있는 청소년들로 자랐으면 합니다. 물론 재수, 삼수할 자신이 없으면 자신의 성적에 맞는 대학에 가십시오. 단, 학과는 자신이 하고픈 학과를 선택하십시오. 다른 사람들의 이목에 연연하지 말고 내가 평생 이 일을 하더라도 질리지 않는 일을 찾아 자신의 학과로 정하십시오. 그리고 대학에서 승부를 거시길 바랍니다.

긴 인생에서 역전의 기회는 아주 많습니다. 비록 대학은 내가 원하는 대학이 아니지만 원하는 학과에서 본격적인 실력을 길러 준비된 전문가가 될 수 있습니다. 중요한 것은 어떤 상황에서도 끝까지 포기하면 안 된다는 것입니다. 끝까지 포기하지 않는 자에게 새로운 길이 열린다는 것을 잊지 마십시오. 중간에 포기하면 역전의 기회 역시 아주 멀리 사라지게 됩니다. 새로운 길을 찾더라도 지금 하는 것에 최선을 다하는 기본 마음가짐이 중요합니다.

다시금 힘을 내세요. 지금 내가 하는 공부와 일의 진가를 바로 알고 자부심을 가지고 끝까지 도전하시길 부탁드립니다.

 세상에서 가장 성공하는 법

그러므로 무엇이든지 남에게 대접을 받고자 하는 대로 너희도 남을 대접하라. 이것이 율법이고 선지자니라.

「마태복음」7 : 12

남에게 대접을 받고자 하는 대로 너희도 남을 대접하라.

「누가복음」6 : 31

우리는 황금률을 기억 속에 간직하고 있다. 이제 그것을 삶 속으로 옮겨 놓자.

에드윈 마크햄

인간은 자신의 행복을 원하는 만큼 타인의 행복을 위해서도 노력하지 않으면 안 된다.

불교 경전

자신이 받고 싶지 않은 행동을 타인에게 행하지 말라.

공자

너희들 누구도 형제들이 원하지 않는 방식으로 그들을 대하지 말라.

이슬람 경전

친구들이 우리에게 행동하기를 원하는 대로 우리도 친구들에게 행동해야 한다.

아리스토텔레스

모든 사람들의 마음속에 새겨져야 할 법칙은 사회의 구성원들을 자기 자신처럼 사랑하는 것이다.

로마의 격언

너희가 싫어하는 것을 너희의 이웃에게 행하지 말라. 그것이 유태교 율법의 전부이다.

랍비 힐렐

너희가 받기를 원하는 행동을 남들에게 하라.

페르시아 격언

너희가 대접받기를 원하는 대로 남들을 대접하라.

마하바라타(고대 인도의 대서사시)

남들이 나에게 해 주기를 바라는 행동을 그들에게 하라.

플라톤

동서고금을 통해 황금률은 변함없는 진리입니다. 내가 받고자 하는 대로 남에게 해 주라는 말은 아주 간단하지만 실천

유무에 따라 인생이 크게 달라지는 무서운 말이기도 합니다. 이 세상에서 성공하고 싶습니까? 그러면 인생 성공의 최고의 방법인 황금률을 죽을 때까지 실천하십시오. 그러면 여러분은 이 세상에서 가장 성공한 사람들이 될 것입니다.

25 걱정이 찾아올 때

다음 이야기를 천천히 읽어보세요.

낡은 농가를 수리하기 위해 나는 목수 한 사람을 고용했다. 작업을 시작한 첫날, 몇 가지 문제가 발생했다. 타이어가 펑크 나서 한 시간이나 일이 지체되었고, 전기톱은 아예 작동을 하지 않았으며, 그의 오래된 픽업트럭은 시동이 걸리지 않았다. 내가 집까지 태워다 주는 동안 그는 돌처럼 굳은 얼굴로 입을 다물고 앉아 있었다. 집에 도착하자 그는 나더러 잠깐 들어와 자기 가족을 만나고 가라고 청했다.

우리가 집의 현관을 향해 걸어가고 있을 때였다. 그는 문득 한 작은 나무 앞에서 걸음을 멈추더니 두 손으로 진지하게 나뭇가지들을 어루만지는 것이었다. 문을 열고 집 안으로 들어

가는 순간 그는 놀랍도록 달라져 있었다. 검게 그을린 얼굴은 미소로 가득했다. 그는 다정하게 두 명의 어린 자녀를 껴안고 아내에게 입을 맞추었다. 잠시 후 그는 차를 세워 둔 곳까지 나를 배웅하러 나왔다. 그 작은 나무 앞을 지나가는 순간 나는 호기심을 참을 수가 없었다. 그래서 그에게 아까 그 나무 앞에서 무엇을 한 것이냐고 물었다. 그가 대답했다.

"아, 이 나무는 걱정을 걸어 두는 나무랍니다. 전 일을 하면서 문제가 생기지 않을 수 없다는 걸 알죠. 하지만 한 가지 확실한 것은 그 문제들이 내 아내와 자식들이 있는 이 집의 문제로 이어져선 안 된다는 것이죠. 그래서 전 매일 저녁 집으로 돌아올 때마다 이 나뭇가지에 내 모든 걱정거리들을 걸어 두고 들어갑니다. 그리고 아침에 다시 일터로 가지고 가죠."

그는 미소를 지으며 말했다. "그런데 재미있는 일은, 아침에 내가 걱정거리들을 다시 집어 들 때마다 전날 저녁에 걸어두었던 것보다 훨씬 가벼워진 것을 느낀다는 것입니다.

작자 미상

걱정은 우리의 삶 속에 수시로 찾아오는 불청객입니다. 아무리 쫓으려고 해도 어느새 내면의 정원을 휘젓고 다니는 것을 보게 됩니다. 걱정과 맞서 싸우다가는 금세 그 수렁에 빠지기 쉽습니다. 걱정을 떨쳐 버리기 위해 골똘히 대책 마련을 하다 보면 자신도 모르는 사이에 그것의 포로가 돼 버립니다.

하지만 걱정의 나무 한 그루를 만들어 놓으면 우리 인생은 이전과 아주 달라질 것입니다. 우리는 이야기의 주인공인 목수의 지혜로움을 배워야 합니다. 걱정과 맞서 싸우기보다는 시간을 가지고 조금 더 길고 멀리 바라보십시오.

오늘 이 순간부터 여러분도 걱정의 나무 한 그루, 아니면 걱정의 휴지통, 아니면 걱정의 상자 하나를 만들어 보도록 하십시오. 꼭 약속입니다. 오늘도 힘내세요.

26 어제와 다른 오늘을 살기를 꿈꾸는 청소년들에게

여러분은 잠자리에 들기 전에 주로 무엇을 하나요? 공부를 마친 후 씻고 바로 자는 친구들이 있습니다. 씻지도 않은 채 인터넷 오락을 하다가 그냥 쓰러져 자는 친구들도 있습니다. 친구들과 전화로 수다 떨다가 잠이 드는 친구들도 있습니다. 만약 여러분이 좀더 자신의 미래에 관심을 가지고 어제보다 더 나은 자신이 되고 싶다면 꼭 추천해 드리고 싶은 일이 있습니다.

잠잘 준비를 다한 후 바로 잠자리에 들지 말고 잠시 책상에

앉으십시오. 그리고 종이 위에 오늘 하루 내가 지내면서 미흡한 것 세 가지, 잘한 것 다섯 가지를 적어 보세요. 다 적은 다음 그 밑에 그것을 통해 내가 배운 가장 중요한 세 가지를 적어 보세요. 그리고 새로운 각오를 적어 보세요.

여러분이 이런 '나만의 노트'를 일주일 동안 할 수 있다면 아주 많이 달라진 자신을 볼 수 있을 겁니다. 만약 여러분이 보름 동안 할 수 있다면 모든 일에 달라지고 있는 여러분 스스로를 느끼게 될 것입니다. 만약 여러분이 한 달 동안 할 수 있다면 여러분 주변에서 달라진 여러분을 보고 놀라게 될 것입니다. 만약 청소년 시절 내내 꾸준히 할 수 있다면 세상을 변화시킬 수 있게 될 것입니다.

어제와 다른 오늘을 꿈꾼다는 것은 위대한 일입니다. 어제보다 좋아진 오늘을 바라고 소망한다는 것은 장엄한 일입니다. 그런 마음을 품은 청소년들이 바로 대한민국의 가장 값진 보물입니다. 그런 청소년들이 세계의 주역이 될 것입니다. 부디 꼭 그런 청소년들로 자라십시오. 그래서 많은 사람들에게 꿈과 사랑 그리고 격려를 전해 주시길 부탁드립니다. 작지만 좋은 습관 하나가 인생을 바꾸고 세계를 변화시킬 수 있음을 꼭 기억하십시오.

27 공부하다 혹은 인생을 살다가 모르는 문제를 만났을 때

학문하는 방법은 다른 게 없다. 모르는 게 있으면 길 가는 사람을 붙들고라도 물어야 옳다. 하인이라 할지라도 나보다 한 글자를 더 안다면 그에게 배워야 한다. 자기가 남보다 못한 것은 부끄러워하면서도 자기보다 나은 사람에게 묻지 않는다면, 평생 고루하고 무식한 데서 벗어나지 못할 것이다.

박지원朴趾源

큰 의심이 없는 자는 큰 깨달음이 없다. 의심을 품고 있으면서도 얼버무리며 미봉하는 것보다는 자세히 물어 분변하는 게 나으며, 면전에서 아첨하며 마음에 없는 소리를 하는 것보다는 자신의 생각을 다 밝힌 후 서로 합치점을 찾는 게 낫다.

홍대용洪大容

우리는 공부를 하다가 잘 이해가 되지 않을 때가 많습니다. 특히 본인 스스로 공부하는 학생들이 예습할 때 잘 모르는 문제가 많이 생기게 됩니다. 이럴 때에는 먼저 녹색, 파란색, 빨간색, 세 가지 볼펜을 준비하세요. 그리고 예습, 복습 혹은 수업 시간에 완전히 이해되지 않는 부분이 생길 때 하나씩 사용하세요.

우선 처음 모르는 것이 나오면 녹색 펜으로 세모 표시를 하세요. 나 스스로 한 번 더 생각해 보고 그 문제를 풀려고 안간 힘을 써 보세요. 그래도 이해가 잘되지 않는다면 이번에는 파란색으로 별표를 해 주세요. 그런 다음 다음 날 학교에 가서 선생님 혹은 친구들에게 물어보세요. 어떤 친구들은 이해가 되지 않지만 선생님 혹은 친구에게 미안해서 그냥 이해한 척하고 돌아오는 경우가 종종 있습니다. 이러면 결국 그 문제는 이해되지 않은 채 나에게 남게 되고 언젠가 시험에 나오게 되면 틀리게 됩니다. 용기를 내어 세 번까지는 물어보세요. 세 번 설명해 줘도 모른다면 빨간색으로 별표를 해 주세요. 그리고 집에서 한 번 더 생각해 보고 다음 날 다시 질문을 하세요.

이렇게 하다 보면 반드시 그 문제에 대해 이해하게 되고 굳이 외우려 하지 않아도 저절로 머릿속 아주 깊은 곳에 잘 저장되어 그와 유사한 문제들이 응용되어 시험 문제에 나온다 하더라도 큰 어려움 없이 그 문제를 맞출 수 있게 됩니다. 결국 질문을 많이 해서 스스로가 문제를 깨닫게 되면 될수록 그만큼 나의 약점들이 사라지는 것입니다.

수많은 학자들이 동서고금을 통해 질문의 중요성을 강조하는 것은 바로 이런 이유 때문입니다. 위 방법은 제가 중·고등학교와 대학교 시절 사용한 것입니다. 여러 가지 부족한 것이 많은 저는 질문을 하지 않을 수가 없었습니다. 모르는 것을 그냥 무시하고 넘어가면 시험에서 틀리는 일이 계속 생겼기에 어떤 일이 있더라도 모르는 문제는 질문하리라고 스스로 약속을 했었습니다. 지금도 저는 상대가 나이가 많건 적건 상관없이 제가 모르는 것이 있으면 최대한 겸손하게 가르쳐 달라고 부탁하고 질문합니다.

질문하는 것은 결코 창피한 일이 아닙니다. 더구나 공부하는 학생들에게 질문은 나의 부족함을 채울 수 있는 아주 좋은 친구랍니다. 오늘부터 새롭게 뜻을 정해 앞으로 모르는 것이 있으면 알 때까지 질문하겠다고 스스로와 약속하세요. 질문하는 습관은 작지만 아주 좋은 습관입니다. 이 습관을 청소년 시절부터 몸에 익힐 수만 있다면 여러분의 미래는 달라지게 될 것입니다. 저처럼 소심하고 마음이 약한 분들도 힘내세요. 뜻을 정해 노력하면 질문도 할 수 있게 된답니다. 지금부터 꼭 시작해 보십시오.

28 지혜의 소중함에 대한 깨달음

지혜는 가장 소중한 것이다. 지혜를 얻어라. 그 어떤 것을 희생하고서라도 깨달음을 얻어라. 지혜를 찬양하라. 지혜가 너를 높일 것이다. 지혜를 고이 간직하라. 지혜가 너를 영화롭게 할 것이다. 지혜가 우아한 화관을 네 머리에 씌우고 영광스러운 면류관을 너에게 줄 것이다.

「잠언」 4 : 7~9

저는 이 말을 어렸을 때 들었지만 완전히 믿지는 못했습니다. 하지만 조금씩 나이가 들면서 이 말이 진리임을 알게 되었고 믿게 되었습니다.

사랑하는 귀한 후배들, 여러분은 지금부터 이 말을 가슴에 꼭 담아 두며 완전히 신뢰하기를 간절히 바랍니다. 부족한 책이지만 이 책을 통해 여러분들이 귀한 지혜를 얻길 바랍니다. 그래서 21세기 대한민국을 좀더 따뜻하고 건강하고 정이 넘치는 사회로 만들어 주었으면 하는 바람입니다.

29 주변의 판단으로 인해 낙심될 때

우리는 어떤 한두 사람의 평가로 인해 자신의 꿈을 포기하고 좌절하는 경우가 종종 있습니다. 그러나 몇 사람의 권위자라는 이들의 평가가 절대적인 것은 아닙니다. 앞에서 말했듯이 이탈리아의 유명한 가수 엔리코 카루소Enrico Caruso는 어려서부터 노래를 잘 불렀습니다. 그래서 본격적으로 성악을 공부하기 위해 유명한 선생을 찾아갔습니다. 하지만 "너 따위 목소리로 가수가 되겠다니 참 우스운 일이다"라는 사형 선고나 다름없는 평가를 받고 실망하며 돌아오게 되었습니다.

그러나 카루소의 어머니는 오히려 그 스승을 나무랐습니다. "네 목소리나 음악적 소질을 무시하다니 말도 안 된다. 그 선생이 유명하기는 하다만 너를 지도할 만한 자격은 없는 것 같구나. 카루소야, 낙심 말고 다른 스승을 찾아보자." 어머니는 아들을 격려해 주었습니다. 그러고는 또 다른 선생을 찾아나섰습니다. 만일 카루소에게 그런 어머니가 계시지 않았더라면, 그 유명한 선생의 말만 듣고 낙심했더라면 그의 존재는 세상에 알려지지 않았을 것입니다.

김인경

우리는 때로 주변의 말에 너무 민감할 때가 많습니다. 특히 청소년 시절은 감수성이 아주 예민할 때인지라 주변의 말이 아주 크고 그럴듯하게 들립니다. 그래서 쉽게 상처받고 쉽게 마음을 닫기가 쉽습니다. 어쩌면 여러분 중에도 주변 사람들의 평가 때문에 마음을 굳게 닫은 친구들이 있을 것입니다. 하지만 분명한 것은 아무리 뛰어난 전문가라도 남을 판단할 자격은 없다는 것입니다.

여러분의 재능, 강점, 장점은 그 누구보다도 여러분 스스로가 소중히 여기고 가꾸어 나가야 합니다. 주변 사람들의 부정적인 말과 평가에 이제는 더 이상 연연하지 마십시오. 주변 사람들이 여러분의 인생을 책임져 주지는 못합니다. 그들 말의 대부분은 시기, 질투에서 비롯된 것이 많습니다. 그럴듯하게

'충고'라는 포장을 하지만 실제로는 여러분의 잘하고자 하는 마음에 상처를 주어 여러분이 제대로 성장하는 것을 방해하는 것입니다.

이제는 그런 말들에 더 이상 상처받지도 신경 쓰지도 마십시오. 여러분이 가진 잠재력과 가능성은 그 누구도 우습게 말하거나 판단할 수 없습니다. 자신의 꿈을 향해 자신이 뜻을 세워 당당히 앞으로 나아가십시오. 누가 뭐라하든 내가 세운 꿈을 향해 떳떳하게 나아가십시오. 그 누구도 여러분의 나이 적음을 우습게 여기지 못하도록 자신의 주관을 가지고 당당하게 살아가기를 바랍니다.

30 슬픔을 극복하고 싶을 때

어떻게 하면 입 안에 침이 고일까요? 아주 신 살구를 생각하면서 자기도 모르게 입 안에 침이 고이지 않나요? 인생도 그와 마찬가지입니다. 슬픔에 잠겼을 때는 억지로 빠져나오기 위해서 발버둥치지 말고 즐거웠던 때를 상상하세요. 그러면 어느새 여러분의 입가에는 미소가 가득 차고, 어느덧 슬픔의 늪에서 조금씩 빠져나오는 자신을 발견할 수 있을 것입니다.

우리는 인생에서 늘 행복하고 기쁠 수만은 없습니다. 하지만 슬픔이 찾아올 때 그것을 어떻게 바라보고 받아들이느냐에 따라 행복해질 수는 있답니다. 공부를 한다는 것이 때로는 우리를 슬프게 만들 수 있습니다. 생각만큼 공부는 잘되지 않고 어느새 마음이 무거워지면서 슬퍼질 때가 자주 생깁니다. 청소년 시절은 특히 감정의 기복이 심한 때이기에 더욱더 슬퍼지기 쉽습니다.

그럴 땐 잠시 책을 접어 두고 여러분이 가장 행복했던 때를 생각해 보세요. 그리고 여러분의 꿈이 이루어졌을 때를 상상해 보세요. 저는 공부하는 것이 힘들 때 가끔 머릿속으로 내가 가고 싶은 대학을 그려 보면서 합격했을 때 얼마나 기쁠까를 상상해 보곤 했답니다. 글을 쓰는 것이 너무 힘들어서 그만두고 싶을 때는 머릿속으로 제 책을 보고 힘을 내는 친구들의 얼굴들을 떠올려 봅니다. 서점에 진열된 책을 여러분들이 보면서 즐거워하는 모습을 떠올려 봅니다. 한참 그렇게 기쁜 일을 생각하다 보면 어느새 입가에 미소가 생깁니다. 힘들어도 조금만 더 힘내야지 하는 생각이 듭니다. 그런 후 또 공부하며 글을 쓴답니다.

사랑하는 귀한 후배들, 슬픔이 여러분 내면을 지배하도록 내버려두지 마십시오. 자신의 꿈을 생각하며 즐기십시오. 그리고 새롭게 뜻을 정해 다시 시작하십시오.

31 겸손

어느 날 벤자민 프랭클린Benjamin Franklin이 이웃의 노인 댁에 갔습니다. 방문이 끝난 후 그 집의 주인인 노인이 집 밖으로 나가는 지름길을 가르쳐 주었습니다. 그런데 지름길 중간쯤에 천장보다 낮은 들보가 있었습니다. 노인은 프랭클린이 머리를 부딪힐까봐 주의를 주었습니다. "머리를 숙이세요. 머리를 숙여요." 그러나 그 들보를 미처 보지 못한 프랭클린은 저 사람이 왜 저러나 하고 생각하는 사이에 머리를 부딪치고 말았습니다. 그러자 노인이 이렇게 말했습니다. "이보게나 젊은이, 자네가 이 세상을 살면서, 머리를 자주 숙이면 숙일수록 그만큼 부딪치는 일이 없을 걸세." 프랭클린은 노인의 말을 평생 동안 잊지 않았다고 합니다. 영국 속담에는 이런 말이 있습니다. "머리를 너무 높이 들지 말라. 모든 입구는 낮은 법이다."

김인경

우리는 살아가면서 겸손이 중요하다는 것을 알면서도 잊어버릴 때가 너무 많습니다. 어떤 친구들은 겸손을 비굴함으로 오해하기도 합니다. 머리를 숙인다는 것은 비굴함의 표시가 아닌 진정한 강함의 표시입니다. 진정한 리더는 머리를 숙일 줄 압니다. 물론 불의와 야합하기 위해 머리를 숙이지는 않습니다. 벼가 익으면 익을수록 고개를 숙인다는 말과 같이 뛰어난 실력과 함께 훌륭한 인격을 몸에 익히십시오. 그런 사람만이 21세기 세계를 변화시킬 수 있습니다. 진정한 리더는 지배하는 자가 아니라 먼저 겸손하게 섬기는 자입니다. 진정한 스승은 제자들 위에 군림하는 스승이 아니라 제자들의 발을 씻기는 스승입니다. 먼저 섬기고 본을 보이는 사람입니다.

　사랑하는 귀한 후배들, 먼저 겸손하십시오. 먼저 머리를 숙이십시오. 겸손함을 여러분이 가진 최대의 강점으로 만드십시오. 그러면 인생에서 반드시 성공하게 될 것입니다. 행복은 결코 겸손한 자를 외면하지 않기 때문입니다.

32 행복으로 이르는 지름길을 알고 싶을 때

행복을 손에 넣기 위해 나는 그것을 쫓아갔습니다.
높다랗게 치솟은 참나무와
바람에 흔들리는 담쟁이 덩굴을 지나서,
행복은 달아나고, 나는 그 뒤를 쫓아갔습니다.

경사진 언덕과 골짜기 너머로
들판과 초원을 지나, 자줏빛 계곡에서
기운차게 흐르는 시냇물을 따라 달리며,
독수리가 울고 있는 아슬아슬한 벼랑도 기어올랐습니다.
모든 육지와 바다를 바쁘게 돌아다녔지만,
행복은 늘 나를 피해 달아났습니다.
어느덧 지치고, 마음이 약해진 나는 더 이상 쫓아가지 않고
불모의 땅에 털썩 주저앉아 버렸습니다.
누군가 내게로 와서 음식을 달라고 했고,
또 누군가는 자선을 부탁했습니다.
나는 그들의 야윈 손에 빵과 돈을 쥐어 주었습니다.
누군가는 동정을 구하러 왔고,
또 누군가는 휴식을 찾으러 왔습니다.
나는 도움이 필요한 모든 이들에게 내가 가진 모든 것을
나누어 주었습니다.
그때 나는 보았습니다!
감미로운 행복이 성스러운 모습으로 내 옆에 있었습니다.
'나는 너의 것' 이라고 부드럽게 속삭이면서.

제임스 앨런

"나 살기도 바쁘고 힘든데 이웃을 사랑하라니 말이 돼요?

나 공부하기도 빠듯한데 친구가 질문하면 가르쳐 줄 시간이 어디 있어요? 내가 얼마나 비싼 돈을 내고 과외해서 알아낸 방법인데, 이런 문제 풀이 방법을 왜 가르쳐 줘? 공부해서 남 좋은 일을 왜 해? 다 나 잘되라고 하는 거지. 21세기 무한 생존 경쟁에서 인정사정 봐 주다가는 도태되기 쉬울 뿐이지."

마음이 딱딱하게 굳어 가는 소리들이 여기저기서 들립니다. 영혼이 비명을 지르는 소리들이 여기저기서 터져 나옵니다.

21세기 진정한 리더는 나 혼자만 살겠다고 발버둥치는 사람이 아닙니다. 더불어 사는 법을 찾고 또 찾고 실천하는 사람입니다. 우리 주변에는 정말 어렵고 힘든 친구들이 많습니다. 생활이 어려워져서 학비를 제때 못낸 학생들이 점점 늘어가고, 급식비가 없어서 점심을 먹지 못하는 친구들도 있습니다. 너무나 안타까운 일입니다. 여러분 중에도 그런 친구들이 있을 것입니다. 배가 너무 고픈데 돈이 없어서 먹지 못하는 고통은 경험하지 않은 사람들은 모릅니다. 학원이다, 과외다, 다른 사람처럼 배우고 싶은데 돈이 없어 배울 엄두조차 못 내는 사람들의 안타까움을 경험하지 않는 사람들은 이해하기 어렵습니다. 공부하는 것 말고도 삶의 무게가 아주 버거운 친구들이 우리 주변에는 너무 많은 것입니다.

우리는 지나치게 우리 자신만을 위해 살고 있지는 않습니까? 행복에 이르는 지름길은 화려한 성공 속 큰길에서 펼쳐진다고 생각하고 있지는 않습니까? 실제로 그렇지 않습니다. 행복에 이르는 지름길은 어려운 이웃들에게 작지만 마음이 담긴 선행을 베푸는 곳에 숨겨져 있습니다. 여러분의 주변을 한번 살펴보십시오. 여러분의 도움을 절박하게 필요로 하는 친구들이 꼭 있을 것입니다. 바쁘다고 애써 외면하지 마십시오. 여러분의 작은 선행이 때로는 생명을 구할 수도 있다는 것을 기억하십시오. 또한 따뜻한 인정을 희생하면서까지 명문대 합격을 꿈꾸지는 마십시오. 그것이야말로 인생을 불행하게 사는 지름길이기 때문입니다.

사랑하는 귀한 후배들, 나보다 더 힘든 친구들에게 힘이 되어 주시길 바랍니다. 꼭 힘이 되어 주세요.

33 좋은 친구가 되기 위한 일곱 가지 습관

벗을 사귈 때는 반드시 학문을 좋아하고, 착한 행실을 좋아하며, 바르고 엄격하고 곧고 진실한 사람과 사귀어야 한다. 그러한 친구와 함께 지내면서 충고하고 경계하는 말을 겸허하게 받아들여 나의 부족한 점을 고치도록 한다. 만일 게으르고, 놀기를 좋아하고, 나약하고, 아첨을 좋아하고, 올곧지 않은 사람이면 사귀지 말아야 한다.

이이李珥

공자는 "주공周公이 지녔던 것과 같은 뛰어난 재주를 지닌 사람이라도 그가 만일 교만하고 인색하다면 그 밖의 것은 아예 볼 것도 없다"라고 말했다. 교만이란 기운이 가득 찬 것이니, 가득차면 남을 용납할 수 없다. 인색이란 기운이 부족한 것이니, 부족하면 남에게 베풀 수 없다.

이익李瀷

철이 철을 날카롭게 하는 것처럼 사람은 사람을 날카롭게 한다.

「잠언」 27 : 17

인생을 달라지게 만드는 여러 요인들이 있습니다. 그중에 아주 대표적인 것이 친구입니다. 어떤 친구를 만나느냐에 따라 사람의 인생이 달라집니다. 많은 사람들이 좋은 친구를 만나기 위해 많은 노력을 합니다. 「잠언」의 말대로 좋은 친구들과 교제하다 보면 그런 친구들에게 영향을 받아 좋은 사람이 되기 때문입니다. 그렇기 때문에 좋은 친구를 만나는 것은 매우 중요합니다.

그런데 그것보다 더 중요한 것이 있습니다. 그것은 내가 먼저 좋은 친구가 되는 것입니다. 내가 먼저 좋은 친구가 되려면 어떻게 해야 할까요? 이이 선생님과 이익 선생님의 이야기에서 좋은 친구가 되기 위한 지혜를 얻을 수 있습니다. 다음은 좋은 친구가 되기 위한 일곱 가지 습관입니다. 여러분의 미래를 변화시키는, 엄청나게 중요한 습관입니다.

꼭 노력하길 바랍니다.

좋은 친구가 되기 위한 일곱 가지 습관

1. 현재 자신이 하는 일에 충실해야 합니다.
2. 착한 행실을 좋아해야 합니다.
3. 부지런해야 합니다.
4. 분명한 뜻을 세워야 합니다.
5. 아첨에 들뜨지 말고 냉철하게 자신을 돌아봐야 합니다.
6. 교만해서는 안 됩니다.
7. 지나치게 인색해서도 안 됩니다.

이와 같은 일곱 가지 좋은 습관을 착실하게 실천하다 보면 자신도 모르는 사이 좋은 친구가 될 수 있습니다. 유유상종類類相從이라는 말처럼 여러분이 먼저 좋은 친구가 되면 여러분의 진가를 알아보고 좋은 친구들이 다가올 것입니다. 공부에 지쳐 마음의 여유가 많이 없지만 좋은 친구가 되려는 노력은 결코 게을리하시면 안 됩니다. 여러분을 통해 수많은 친구들이 선한 영향을 받고 이 나라가 좀더 따뜻하고 건강하게 되기를 소원합니다.

다니엘 리더스 스쿨에
크리스천 청소년들을 초대합니다.

안녕하세요? 『다니엘 학습법』의 저자 김동환입니다.

5년간 준비해 온 아주 특별하고 기쁜 소식을 전해 드리게 되어 하나님께 감사드립니다.

순교자의 신앙과 자기 분야 최고의 실력, 그리고 따뜻한 인격을 겸비한 21세기 다니엘과 같은 하나님의 준비된 일꾼을 양성하기 위해 '다니엘 리더스 스쿨'이 하나님 은혜로 세워져서 신입생을 모집합니다.

그동안 '다니엘 학습'을 실천하고자 했으나 혼자 하기 버거워 중도에 포기한 학생들이 있었습니다. 이제 다니엘 리더스 스쿨에서는 학생들이 전원 기숙 생활을 하며 매일 새벽 4시 30분 저의 설교로 새벽예배를 시작하여 '다니엘 아침형 학습'을 저에게 직접 배우며 실천합니다. 하루 세 번의 예배를 통해 철저한 기독교 신앙으로 무장하며, 학생 개인의 실력과 진도에 따라서 학습자 중심으로 교육이 이루어지는 곳이 바로 다니엘 리더스 스쿨입니다.

저는 다니엘 리더스 스쿨에서 영어, 국어 교사와 교목으로 일하며 학생들과 매일매일 행복하게 교학상장 합니다. 다니엘 리더스 스쿨은 세계에서 신본주의 학습자 중심의 질적 교육이 가장 잘 이루어지는 것을 목표로, 학생 한 명 한 명에게 딱 맞는 학습 체제를 구축합니다. 이를 위해 저는 서울대 사범대학 교육학과 박사 과정에서 공부하며 학생들을 가르치고 있습니다. 더 준비된 하나님의 일꾼이 되고자, 더 준비된 선생님이 되고자, 세계 최고의 크리스천 인재를 양성하는 학교를 만들고자 부단히 공부한 것을 학생들에게 가르치며 학생들에게 배웁니다.

다니엘 리더스 스쿨은 공부를 왜 해야 하는지를 분명하게 가르치고, 매일매일 하나님 안에서 행복하고 치열하게 공부하는 곳입니다.

다니엘 리더스 스쿨은 나를 위해 몸 바쳐 피 흘려 생명을 주신 주님을 위해 생명 바쳐 공부하는 곳입니다.

다니엘 리더스 스쿨은 평생학습 공동체이자 신앙 공동체이자 가족 공동체입니다.

다니엘 리더스 스쿨은 학생을 살리는 곳입니다.

다니엘 리더스 스쿨은 주님 앞에 한없이 부족한 죄인이지만 나 같은 죄인 위해 몸 바쳐 피 흘려 생명 주신 주님의 은혜에 감사하여 21세기 다니엘을 양성하기 위해 제가 생명 바쳐 일하는 곳입니다.

다니엘 리더스 스쿨 학생들은 매일 새벽기도를 마친 뒤 힘차게 저와 구호를 외치고 수학 공부를 시작합니다.

"오늘도 생명 바쳐 주님 위해 죽도록 공부하자!

오늘도 하나님께 효도하자! 부모님께 효도하자! 21세기 다니엘이 되자!

오늘도 하나님 안에서 행복하고 즐겁고 치열하게 공부하자!"

귀한 믿음의 후배 여러분, 그리고 학부모님! 아직 늦지 않았습니다. 하나님 자녀에게는 하나님 자녀에 맞는 신본주의 학습 원리가 있습니다. 이것을 지키지 않으면 돈은 돈대로 들고 성적은 성적대로 나오지 않고 아이들의 영혼은 죽습니다. 하나님 안에서 하나님의 방법으로 역전과 승리의 기회를 잡으십시오.

현재 성적이 최상위권이든 최하위권이든, 다니엘처럼 뜻을 정해 철저하게 하나님의 방식을 배우고 몸에 익혀 다니엘급 믿음의 인재가 되고자 하는 학생들을 찾고 있습니다.

늦었다고 포기하려 했던 학생들, 공부는 잘하지만 세상 방식에 젖어 믿음이 없는 학생들, 삭막한 인본주의 성적지상주의 교육체제 속에서 하나님이 주시는 비전을 포기한 채 무기력하게 시간을 흘려 보내는 수많은 믿음의 학생들이 하나님 안에서 새롭게 꿈과 신앙과 실력을 회복할 수 있기를 소망합니다.

자녀를 21세기 다니엘로 교육시키고 싶으신 분들의 관심을 부탁드립니다.

이 사역을 위해 머리 숙여 기도 부탁드립니다.

김동환 드림

다니엘 리더스 스쿨

문의전화 02-3394-4033 | 02-3394-4037
홈페이지 www.dls21.net